追求纯真写实，记录永恒瞬间

爱孩子·爱摄影

唐人教你做宝贝的贴身摄影师

唐人 著

中国青年出版社

最好的礼物

一个女友拍拖多年，终于下定决心要结婚啦——推手竟然是准婆婆送的一本相册，是准新郎的：从满月开始，一个天地初开的小人儿咧着还没有牙的嘴笑得见眉不见眼；然后半岁，小男孩儿出了第一颗牙；一岁，第一次扶着桌脚自己站起来；两岁，开始笨拙地奔跑；三岁，上幼儿园的第一天，瘪着嘴，腮边挂的那一滴泪；然后七岁的小小少年，戴上了红色的领巾……女友说，一刹那间，只觉得自己的心融化了，知道了自己眼前这个高高大大的男人也不过是一个小小的孩子，知道了在未来的婚姻中，彼此都不过是彼此的大孩子，需要互相地去包容、纵容和好好地珍惜。决心步入婚姻殿堂的女友说：这是我收到的最好的礼物！

所以，最近听说我的好朋友、出色的儿童摄影师唐人，要出版一本与众多的年轻父母分享摄影经验的书籍，就忍不住大力鼓掌。因为，我也深深相信：一本成长的影集，的确是我们给孩子最好的礼物之一。

美好的时光无法留驻，但是我们可以借力镜头留住那些美丽的瞬间。

如今，给孩子照相，已经是爸爸妈妈们必做的育儿功课了，但是如何才能照好相，如何才可以尽可能多地留下孩子成长路上的每一个感动瞬间，大约是困扰每一对非摄影专业人员的爸爸妈妈的一个不大不小的问题。学习

做宝宝的
贴身御用摄影师

的手段不是没有：专业的摄影书籍杂志，摄影网站的交流，向做摄影工作的朋友偷师学艺……但是，更准确有效的方法呢？如果我们只是想给孩子拍一些好照片，而不是从此要成为一个摄影发烧友，可是，又实在不认识做儿童摄影师的朋友，请教无门呢？那就在这册书里边结识唐人吧。

唐人是《母子健康》杂志多年来的老朋友和默契的合作者。《母子健康》的封面和内页中很多美丽的图片都出自唐人和她带领的“瞳颜”摄影团队。配合杂志的拍摄，其实是一件非常辛苦的事情；更尤其我们杂志的拍摄对象还不是专业的模特儿，而是小小的、很可能完全不懂得配合的小孩子。很多时候的起早贪黑和东奔西跑就不用说了，很多次，我们的小模特儿拍着拍着就睡着了，于是大家需要悄声下来，直到小宝贝儿一觉酣睡醒来。很多次，我们的小模特儿怎么哄怎么劝都坚决不肯出现在镜头前面，于是我们的全部布景灯光化妆团队就得改日重来……每每这样一些时候，最不介意的往往是唐人，她最常说的话就是：让宝贝玩儿一会儿，要是累了就哄他睡一觉，只有玩好、睡好、吃好后才会有好心情，等心情好了再拍摄。我想，这样的话，在一个如果只是把儿童摄影作为工作的人口中，是说不出来的；只有像唐人这样，一直一直是在以一个妈妈的心情来拍摄每一个站到她镜头前面的孩了的人，这样的语言才是她最自然的心声吧。

因为爱了孩子的笑靥，我们爱上了给孩子摄影；因为爱了这世间所有的孩子，我们爱了这个世界。

让我们一起在这本书中，找寻我们想要的知识和答案，为我们的孩子备下——最好的礼物！

《母子健康》杂志主编　徐爽

因为爱孩子 所以爱摄影

结缘儿童摄影，源自于儿子的诞生。那么小小软软的一个生命，在短短几个月的养育后，便有了翻天覆地的变化，而他的每一个第一次，我还没来得及仔细地感受，就飞速地过去了。最初给他拍摄，往往因匆忙而仅作为儿子成长日记的补充，相隔一段时间再拿出来回味，那皱巴巴的小脸、那裹在小包被里沉睡的小小孩儿，让我看了又看。这些随意拍摄的画面随着儿子的长大一去不复返了，它们成了历史的见证，让我强烈地感觉到不能再忽略拍摄了，我要把儿子成长中各种有趣的样子、我们之间最真挚的情感记录下来，给儿子记录成长时光的点滴、给自己留下弥足珍贵的回忆。

我开始用心记录儿子的成长，把以往用在成人摄影上的经验，更改调整再加上我对孩子的认知，经过不断地摸索，找到了自己所喜欢的风格——简约、真实、自然。等到儿子快一岁时，我真正转型为儿童摄影师。

我所接触的顾客都是爱孩子的家长，每次拍摄前，我们都会兴致勃勃地聊起宝贝的趣事、最近的变化、又长了那些本领……而我在充分了解了宝贝的情况后，会与家长一同制定拍摄计划，以最好地展现宝贝这个时期的特点。比如宝贝不到一岁时我们在家中拍，既让宝贝舒服，又能把生活的环境记录下来；宝贝一岁多了爱在户外玩耍了，我们就选一个景致优美的地方一家人快乐地郊游；两三岁时喜欢汽车、恐龙等等，我就把宝贝成长中的这一面记录下来；再大些时宝贝有了好朋友，我就拍摄伙伴们开心玩乐的过程。总之，我会告诉家长们我的拍摄宗旨：每个宝贝都是独一无二的，我的拍摄是运用技巧把他（她）最可爱、最独特、最有意思的样子记录下来，而不

是把他（她）塑造成一个什么形象，因此只要开心地展现你们一家的快乐生活就行了！

这样的拍摄理念虽然丢失了一些顾客，但是喜欢这种风格的顾客，很欣赏这一幅幅为他们量身特制的照片。每次顾客看到照片后的开心、感动和建议，对我而言都是一笔财富。我们因为爱孩子而成为了朋友，每年给孩子拍摄，便成为彼此期待的一次相聚。

这样的拍摄风格也让我有缘结识了《妈咪宝贝》、《母子健康》、《父母必读》等几本优秀育儿杂志的主编和编辑，她们选择我拍摄的照片作插图，是感觉这些带有真情实感的照片能够打动读者，由此更坚定了我的拍摄理念。转眼间与这些杂志的合作已经十年了，我们的合作也更加广泛：拍摄封面、时装大片、策划专题拍摄，以及开设专栏把我的摄影经验与读者分享。我们相互影响着，共同提高着。与这些认真敬业、富有爱心的杂志社朋友的合作是非常愉快的，她们时尚的育儿态度和对工作的严谨负责对我也产生了深远的影响。

随着数码时代的到来，拍摄的手法比胶片时代更丰富了，可是在风格和理念上，我依旧遵循以往。几年前，利用数码后期制作各种奇特、梦幻、卡通风格的儿童摄影大量涌现，这些新奇的东西也曾让我眼前一亮，但是随着重复作品的不断出现，原本有趣的创意变成了模式化的流程。因此，经过慎重考虑，我只把数码流程作为拍摄的补充，起到修补瑕疵的作用，我所追求的，仍然是用摄影的技巧原汁原味地展现宝贝们的美丽与可爱。

数码相机经过近几年的发展，越来越容易操控了，我的一些顾客朋友希望我能教他们简单易学的方法，用手中并不昂贵的器材拍出精美的照片。杂志社和出版社的朋友也敏感地注意到了这些读者，特别是“80后”的新晋父母的需求。在她们的敦促和鼓励下，经过长时间的思考，更多地留意拍摄时出现的问题，我一点点写下了多年的摄影心得，因此有了本书的面世。

为宝贝拍照的过程很享受，我所面对的是最纯真的眼神，我所看到的是父母对宝贝最无私的爱。做儿童摄影十多年了，我的一些老顾客经常对我说：真羡慕你的工作，每天都与可爱的孩子打交道……是啊！我真的很感谢这个职业，因为这是一份让自己感动，同时也去感动他人的工作。感谢可爱的孩子们，感谢这些上天派来的小天使！

致谢：

首先要感谢参加本书拍摄的所有模特儿和小模特儿的爸爸妈妈们，是你们的大力配合，让我较为顺利地完成了这本书的创作。其次要感谢我的同事，感谢你们给予我的无私帮助。还要感谢我的责编李文华、美编徐立平，是你们精益求精的态度，促使我一遍遍地改写，以达到贴近生活、贴近读者的目的。我还要深深地感谢我的朋友——李慧琳女士和赵桐正先生一家，我们因孩子而相识、相知，你们的深厚友谊和智慧的灵光，大大推动了我事业的发展。最后我要感谢命运让我拥有爱意融融的家庭，丈夫和儿子让我感受着温暖与甜蜜，这是我努力工作的原动力。

感谢参加本书拍摄的模特们

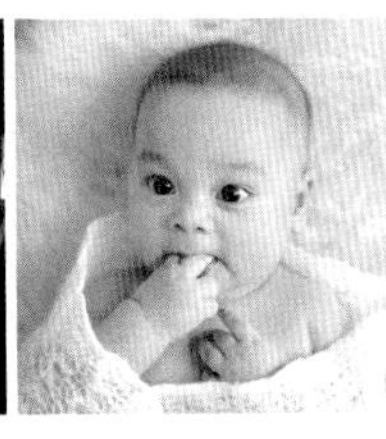

安娜以及女儿Olivia和儿子William

安娜结婚前是凤凰卫视的主持人，婚后全职照顾宝贝。她拥有高贵的气质，同时又亲切随和。经过几次拍摄，我们成为了好朋友，谢谢安娜的热情支持。

Celina

我们相识已近十年，从她大儿子百天开始我就为她全家拍摄。这次怀老二时她的身体状态特别好，我很喜欢这组孕照阳光的感觉。青春、时尚是我每次见到她的印象。

满效金和李虹亭夫妇

我很偶然地结识了效金和虹亭，谢谢他们的全力配合。在这本书出版之前正巧他们可爱的儿子满昊霖出生100天了，我请这个在妈妈肚子里的小模特来露个面吧！

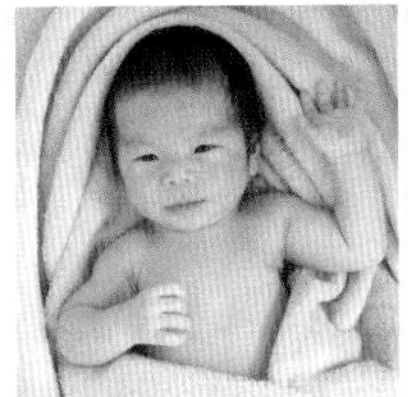

薛凯宸（宸宸）

宸宸的妈妈曾在我们公司拍摄孕照，我因为着急找刚出生的宝贝做模特就联系了她。电话打过去时她正准备做剖腹产手术，于是宸宸就成为我这么多年来第一个在宝贝出生当天预约的模特，哈哈……来一张宸宸100天时的照片吧！

李　瑶（玥玥）

看到玥玥就被她可爱的胖肉肉所吸引，于是找到了这组拍摄的要点。玥玥妈妈的孕照是为杂志拍摄的专题片，玥玥也是在妈妈肚子里时就是小模特哟！

明明

明明一家是我的老顾客了，明明的姐姐乖巧可爱，很轻松就能拍到精彩镜头；而活泼的明明身体壮实，精力旺盛，为他拍摄需要有足够的体力哟！

陈若馨（晓晓）

第一次为晓晓拍摄，我就喜欢上了她，她那甜美的笑容打动了我，是我喜欢的温柔可爱型小美女，每次拍完我都会抱抱这个小可爱……

李时若 （米米）

我的责编认为书中应增加户外亲子照的内容，于是我想到了刚刚拍完的顾客——米米一家。我征询他们是否愿意做书中的模特，他们很开心地同意了，于是我赶快补拍了一组场景图。细心的朋友可能会问，照片中浓密的蔷薇花在场景图里怎么看不出来？这是因为相隔一周后补拍时，蔷薇花已经谢了O(∩_∩)O~！

李晴妤（宽宽）

在技巧篇中出现的小可爱就是宽宽1岁时拍摄的照片，朋友们看出来了吗？我从她100天时开始为她拍摄，到两岁时已拍摄过7次了，宽宽可有丰富的“出镜”经验哟。

虎虎

虎虎一家是我的老朋友，我早在9年前就开始为他姐姐拍摄。虎虎有一个深爱着他们又精通儿童教育的姥姥，每次拍摄与他们一家相处时，老人家的言行都让我敬佩不已，受益匪浅。这次照片签约时才知道他们全家移居国外了，不知以后是否还有机会见面，心中有些惆怅……

姊妹花EVA和VIVIAN

姐姐EVA出生就有浓密漂亮的卷发，是公认的小美女；妹妹VIVIAN笑容甜美，是公认的小甜心。

陈硕一

硕一宝贝在拍摄100天的照片时，被身为服装设计师的妈妈换了N套衣服N个帽子，因此在装扮宝贝的章节中友情出镜。

Contents 目录

技巧基础篇

实战提高篇

工具完善篇

技巧基础篇

摄影是光与影的艺术，学会正确地运用光线、了解相机的功能设定，是拍出好照片的基础。使用数码相机可以立刻看到拍摄效果，更容易发现失误的原因，所以即使不是专业摄影师，只要用心掌握一些基础的技巧，拍摄水平就会迅速提高，一定可以给宝宝拍出漂亮照片的！

03

01 家中什么地方的光线最适合拍照？

家是宝宝最主要的活动场所，家中的宝宝自由自在、稚趣天真，好多可爱顽皮的表情和动作都是在最亲近的人面前才会出现的，爸爸妈妈可千万别错过哟！

在家中为宝贝拍照，我们首先要考虑光线够不够，而要取得足够的自然光，最适合的地方当然是靠近窗户的位置了。试着让宝贝面朝窗户，来回多移动几次他（她）的位置，你会发现当宝贝身处某处时，瞳孔里有一个大大的、非常清澈明亮的光斑，这时宝贝面孔上散布的光也柔和、均匀。

1. 客厅靠近阳台的位置光线充足，非常适合拍摄

看到了吗，我的眼睛亮晶晶。

2. 如果窗边有一张床，那给小宝宝拍照就最方便不过了。宝宝可以舒适地躺着玩儿，看宝宝多惬意呀！

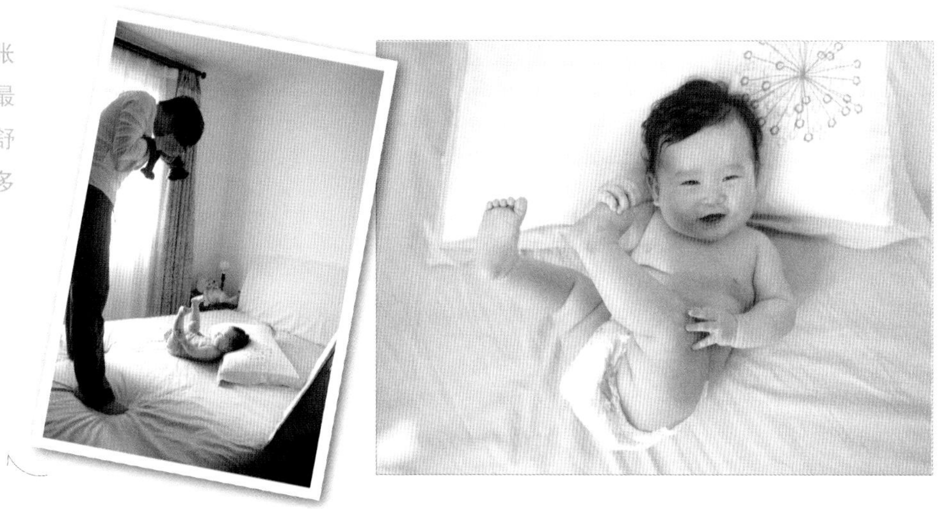

注意在阳光强烈时要拉上薄纱帘，这样宝宝不会因为阳光刺眼而皱眉，而且光线也更柔和。

3. 如果只有阳台的光线充足，那就清理掉阳台上的杂物，给宝宝营造一个舒适的小窝吧。当然，宝宝的脸不必正对着户外。

如果这时阳光直射，光线强烈，就需要用厚些的布帘来遮挡，宝宝的脸上才不会出现杂乱的光影。

02 室内光线不足时怎么办？

摄影是光与影的艺术，用光的好坏对一幅作品的成败很关键。如果家里采光不足，是不是就无法拍出漂亮的照片了呢？当然不是，有四个方法可以解决这个问题：

方法一：对于追求高品质影像的摄影发烧友，建议使用数码单反机并配备大光圈的镜头。

大光圈镜头的通光量大，所以在弱光下也能拍摄出很好的影像，最适合给小宝贝拍摄。参见工具篇第151～152页。

方法二：提高相机的ISO感光度。

ISO感光度越高，表示对光线的敏感度越强，在弱光下也能拍摄到不错的照片。

拍摄时光线弱，把感光度提高到200，拍出的照片挺漂亮的吧。

小贴士

ISO感光度

在光线暗的条件下拍摄，为避免快门速度慢而拍虚，可以设定较高的ISO数值，这样可以获得较快的快门速度。但高感光度也有它的负面问题，就是影像会出现较粗的颗粒，专业名词叫“噪点”。所以，如果光线够用就不要设定较高的ISO数值，一般情况下ISO100时影像品质最好，数码卡片机在ISO300以内能有较好的品质，数码单反机在ISO500时也能得到不错的照片。

方法三：使用反光板补光。

补光听起来像职业摄影师的专业术语，其实对希望拍出好照片的父母来说，是简单易学又必不可少的基本技巧呢！特别是在家中拍照，即使在光线充足的窗户边，如果不补光，拍摄效果也不够完美。

来自窗户的光线只能照亮脸的一侧，另一侧脸上灰暗，这个问题只要用反光板补光就能很好地解决。

反光板的作用是把阳光反射到人物脸上以增加人物的亮度，使脸上的光线均匀柔和，可以避免对比度过大、阴影过深等现象；同时明亮的反光板在人物眼中形成的光斑，即眼神光，会使得人物神采奕奕。

把反光板放在脸部有暗影的一侧，使用时可尝试找几个角度，直到把阳光折射到宝贝的身上。灰暗的阴影被消除了，宝贝脸上的光线均匀柔和。看到了吧，补光就这么简单！

小贴士

反光板的运用

1.在室内，光线从窗户投射进来，这时把反光板置于人物脸部有阴影的一侧就可有效地补光了。

2.在阴天，自然光从头顶处散射下来，这时把反光板置于人的脸部下方进行补光即可。

3.在晴天，可让人物背对光线（逆光），反光板在人物前方面对光线，操作者尝试上下左右小幅度地晃动反光板，就可发现通过反光板折射的光线投射在需要补光的人物脸上了。

如果没有专业的反光板，可以用一个白色的大枕头或打开一块白色的浴巾代替。只要是白色的物品，都能成为补光的工具。

我们还可以自己动手做一个反光板。

找一个大型电器的外包装盒，就是很硬挺的厚纸板，用壁纸刀裁下一块1.5米x1米的长方形纸板，用白色的大浴巾覆盖在纸板上，用夹子夹住四个边角，轻便又实用的反光板就做成了。（这个纸板夹上漂亮的花布还可做成拍摄背景，见第11页）

方法四：使用外置闪光灯补光。

在光线昏暗的室内，特别是在晚上，往往需要使用闪光灯才能得到正确的曝光，但是我们不提倡新手父母做这种挑战。如果不是很特殊的情况，爸爸妈妈不应该动用到对宝贝眼睛不利的闪光灯。尤其是使用相机自带的闪光灯，拍出的照片往往是前景过曝，而背景仍旧是黑黑的一片，有时还会出现红眼或难看的黑影子等，那该怎么办呢？

最理想的解决办法是给你的数码单反机配置一个外置的闪光灯。只要有闪光灯热靴的数码单反相机就能配置上这个补光的设备。

使用时将相机模式选在P挡（程序自动曝光模式），闪光灯调在自动挡，把灯头朝向白色房顶。这样闪光灯的光线照亮房顶后折射在人物的身上，非常的柔和自然；而闪光灯会自动测量光线的量，达到正常曝光后，闪光灯自动断电以避免曝光过度，你就能轻松得到曝光正常且光线柔和的美丽照片了。

爸爸的外置闪光灯是朝向房顶白墙的。

外置闪光灯使用时要注意：

1.调整闪光灯灯头的方向和角度，利用反射原理，大约估算出反射光线的落光位置，使光线通过反射后能够正好落在拍摄对象上。

2.选择的反射面一般为浅色，最好为白色，因为其他颜色的反射面会改变色温，即反射后照射在人物身上的是有色光，易造成人物色彩失真。

3.不能正面对着玻璃、镜面或表面光洁的物体打闪光灯拍摄，以免引起反光。

没有红眼，没有刺眼白光，爸爸拍得一级棒！

小贴士

“红眼”是因强烈的闪光灯光线射入人的眼睛，眼底丰富的毛细血管显出了红色的光斑。在使用相机自带的闪光灯时容易发生这种现象，所以给小宝宝拍摄应尽量避免使用直射的闪光灯。

03 在家中怎么设置漂亮的背景?

去过影楼的朋友都知道，这里有一个独特的专门设施——可更换的背景幕布。要拍出漂亮的照片，富于美感的背景是必不可少的。所以，要在家中拍出媲美影楼的照片，最见效的方法就是设置漂亮的背景了。

宝贝坐在小床上面向窗户，充足的光线让拍摄变得简单，反光板和闪光灯都可省掉。

这张照片的光线充足均匀，宝宝的表情神态也不错，可是背景乱糟糟，缺乏美感。

就地建个背景幕布试试看。

把一块宽1.5米、长3米的小方格布简单熨平消除褶皱后，夹在一个硬挺的厚纸板上，让小格布下垂的一半自然过渡平铺在床上，背景幕布就做好了！与专业影棚的无缝背景一样，能达到很完美的拍摄效果哟。

看，这张照片与上一张的拍摄位置一样，只是宝宝周围杂乱的生活场景被这幅简洁的背景取代了，是不是变化很大呀！

简洁漂亮的背景能起到突出人物、营造画面氛围的作用，试着利用家中的物品来打造“百变宝宝”吧。

1. 中国娃娃——宝宝的红色小薄被

2. 典雅淑女——爸爸的深蓝色浴衣

3. 快乐小子——色彩鲜艳的大型玩具

4. 林中小兔——家中茂盛的绿植

宝宝个头小，需要的背景不大，发挥你的想象力吧，你会在家中找到很多漂亮的背景，拍摄出独具个性的照片！

04 什么时候适合在户外拍照？

阳光清风、香花绿草，户外的一切都深深吸引着宝贝，而回到大自然怀抱的宝宝就像未染凡尘的精灵，那么纯净、那么灵动，实在应该把这些美好的影像记录下啊！

通常，在户外拍摄的最佳时间是夏季的上午7:00～10:00或下午16:00～18:00，其他三季是上午9:00～11:00或下午14:00～16:00。其实拍照的时间并无定规，对于专业摄影师来说，每一种光线都可能成为创作不同风格照片的原材料。但是对于新手父母来说，在阳光不是很强烈的时候（多云或阴天的天气、晴天的早晨或傍晚）比较容易拍出好片，因为那时光线柔和均匀，自然光照的角度好。

但是给宝贝拍摄，最重要的是考虑宝贝的生活习惯，只有在他（她）吃好睡好后才能拍到可爱开心的样子，所以我会依照宝宝的情绪状态来安排拍摄时间。如果一定要在晴天的正午为宝贝拍照的话，那我们就在用光上动动脑筋吧！

正午的阳光虽然刺眼，但蔷薇花墙的阴影处光线不是很强烈，再用反光板遮挡住头顶的强光，即可给宝宝提供一片清凉。瞧，宝宝也露出满意的笑容啦！

小贴士

户外拍摄注意事项

1.宝宝体温调节能力较弱，在户外拍摄要根据当时的气温着装，以免受凉或中暑。

2.在夏秋季切记要给宝贝暴露的皮肤涂抹驱蚊药水——草地里的蚊子是很疯狂的！

3.无论是小男生还是小女生，最好不穿开裆裤，以免坐下或摔倒时把小屁屁弄脏。

4.最最重要的是安全问题：草地上的坑坑洼洼很容易让宝贝摔倒，花丛里隐藏的尖锐树枝、山石上危险的棱角，这些都会对宝宝造成伤害，家长要万分小心，决不能为了拍几张漂亮照片去冒险！

05 阴天怎么拍出亮丽的照片？

很多人都觉得阴天或多云天气时天空灰蒙蒙的，拍摄效果不好，其实这时的光线是很适合拍摄人像的。因为太阳被云层遮挡，投射到人物身上的光线非常柔和均匀，所以很容易得到曝光准确、色彩自然真实的照片。

阴天时天气凉爽，没有刺眼的阳光，宝宝舒展地笑了。

给宝宝穿上色彩明快的服装，并利用小南瓜、向日葵花朵等色彩鲜艳的小道具可以很好地提亮画面。

阴天时在开阔地拍摄最适合了，白色石子路把天空的光线反射到宝贝的脸上，使得宝贝的肤色自然。如果是艳阳天拍摄，这个位置的光线太强烈了，是很难拍好的。

小贴士

阴天拍摄注意事项

1.不要选择在光线过暗的环境（比如浓密的树荫下）拍摄，开阔地（比如大片的草坪）就很适合。

2.如果因光线不足使得快门速度慢，注意要调高ISO感光度。

3.要注意白平衡的设定，此时若用自动白平衡模式拍摄画面多呈现蓝色调，而用阴天的模式是比较理想的。

4.拍摄时想要让宝贝显得亮丽，可以在服装道具的色彩搭配上下工夫。

06 晴天户外拍摄时如何选景和用光？

天空晴朗无云、艳阳高照时，很多人都想利用这个好天气拍摄漂亮的户外照片。可是与气象学的概念不同，阴天、雾天等天候对于人像摄影而言算不上是恶劣天气，反倒是气象学认为的晴空万里的好天气经常给我们拍摄人像造成了不小的麻烦，拍摄效果往往不尽如人意：或者人物被晒得皱眉眯眼，脸上落下难看的影子； 或者背景曝光过度，绿意葱茏的景致变得一片惨白；或者背景明亮，人物脸色却暗哑无光。

对于第一个问题，移动人物的位置以避免树影投射到脸上就行了。如果就想在原地拍摄，可以想办法遮挡人物头顶上斑驳的光线。

对于后两个问题，解决的要诀是：人物光线暗，背景光线也要暗；背景光线亮，人物光线也要亮。

我不要变成小花脸！

把反光板卡在树枝间，树叶上的阳光被遮住了，脸上的树影不见了。

1. 人物光线暗，背景光线也要暗

这张照片小花脸不见了，可是人物处于阴影中，而背景却是阳光直射的草地，因为人物与背景光线不一致，所以色彩不饱满，绿草地差点儿变成了白草地。

“人物光线暗，背景光线也要暗”。看！让宝贝站起来，把阴影中的树叶作为背景，色彩就漂亮多了吧！

2. 背景光线亮，人物光线也要亮

这个技巧经常在人物背对光线拍摄时大显神威，下面这组美丽的秋日外景图就很好地运用了这个方法。拍摄的这天秋高气爽，明媚的阳光使得金黄色的落叶更加耀眼，此时背景的光线很强烈，因此要使人物脸上的光线明亮就对了，于是我用反光板的银色面对人物补光。

暖暖的秋阳给人物点缀了一层金色的轮廓光，多美！

从这张照片可看到，银色反光板反射的强光使得人物眼中有一个大大的光斑，因为强反光使得人物与背景的光线较一致，所以整个画面色彩浓烈，太阳光照射的落叶背景，金光闪闪，非常漂亮！

小贴士

1.使用强反射光拍摄的时间一定要短，避免宝贝的眼睛疲劳。

2.有的宝贝使用强光拍摄时爱皱眉或眯眼，那就说明不适合用这样的光线，我们就要多思考，运用“人物光线暗背景光线也要暗”的方法去寻找合适的拍摄背景。

总之，晴天拍摄好外景肖像的诀窍是让背景和人物的光线均衡，这样就能拍到人物和背景色彩都饱满的照片。在后面的实战篇中，我还会把选景和用光的技巧用更多的范例来说明。

07 怎么打扮你的宝宝？

有了合适的光线，有了漂亮的背景，再给宝宝打扮一下，凝聚着浓浓爱意的完美照片就要出炉啦！

要拍出有仪式感的照片，首选的当然是小礼服了。男宝宝可以用帅气的白衬衫搭配黑色的小马甲，绅士风度立刻彰显无疑。女宝宝当然少不了公主裙啦，洁白蓬松的纱裙最能表现女孩儿纯净甜美的一面了。

小贴士

打扮宝宝的注意事项

1.拍摄时给宝贝选择的衣服最好是合体的，略紧身一些效果更好，肥大和厚重的衣服会遮挡住宝贝可爱的身材和有趣的动作，拍摄效果欠佳。

2.注意服饰的质地，要选择内衬是纯棉的服饰，这样才不会损伤宝贝娇嫩的皮肤。

3.有的小宝贝很不喜欢头上戴东西，帽子、发带等统统拽掉，这时就需要大家的配合了，把拍摄的准备工作做好后，再给宝贝戴上装饰物，把有趣的东西放在他（她）的小手里，吸引住宝贝的注意力，然后尽快按下快门，这样基本上就能拍摄到成功的画面了。

除了小礼服， 妈妈们还可以通过一些小配饰来打扮出漂亮可爱的宝贝。

小宝贝的头发往往不太好，这个花朵发带既起到遮挡的作用，又与连衣裙上的粉色腰带相呼应，打扮出了娇巧可爱的小娃娃。

宝贝的头发留长了，可以做出很多漂亮的发型。

你看宝贝的这款卷发造型，是用假发做出来的效果。把宝贝的头发扎成高的马尾，用一个与宝贝发色相近的卷发发片缠绕在马尾上，整理一下与宝贝的真发自然地混为一体，最后再别上一个可爱的发饰，时尚靓宝便装扮好啦！

you
please

Banana

剃了光头的小男生，戴上柔软的小帽，不仅突出了炯炯有神的眼睛，而且很帅气哟！

稍大些的宝贝打扮起来更是创意无限、花样多多喽！

不同式样的帽子、各种图案的小包包、棉质方巾等都是既漂亮又实用的装饰品。

08 宝宝不配合怎么办？

一切准备停当，马上就要开拍啦！新手父母遇到的第一个“问题”通常是宝宝“不配合”，比如宝宝不看镜头，宝宝要抓相机，宝宝不笑……其实要拍好宝宝的照片，最重要的是家长之间的配合。想一想宝宝什么时候最有趣，最可爱？没错，就是你与他（她）做游戏的时候。给宝贝最喜欢的玩具，看见他最喜欢的人，宝贝会发自内心的快乐，这时候只要举起相机捕捉那些美妙的刹那就可以啦！

与镜子里的妈妈藏猫猫，宝宝玩得好开心。

与宝贝扔球玩儿是他最喜欢的游戏。

有时宝贝玩累了，有时是没有缘由地发脾气，在他（她）不顺心的时候，不要去哄他（她），把宝贝哭闹的样子也拍下来——喜怒哀乐都是真实生活的一部分，都很美！

嗯嗯……怎么还不来哄哄我呀？

知道什么叫梨花带雨了吧？

09 为什么宝宝的照片常常拍模糊？

相信很多家长都有这样的遗憾：宝贝的表情很可爱，可惜拍虚了。别泄气，找出照片拍虚的原因，问题就迎刃而解了。

原因一：对焦不准确

解决一：要想拍好肖像照片，镜头的焦点应毫不含糊地对准人物的面部，特别是眼睛。只有对焦准确才能得到高质量的影像呀。对焦时半按快门，听到合焦的提示音或看到焦点框在人物面部（或是你想拍摄的焦点上）出现，再完全按下快门，就能得到清晰的照片了。

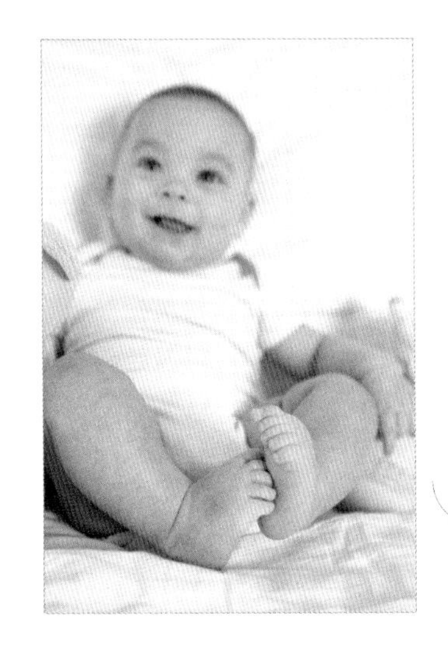

多生动的一张照片呀，可惜焦点对在宝宝的小脚丫上了。

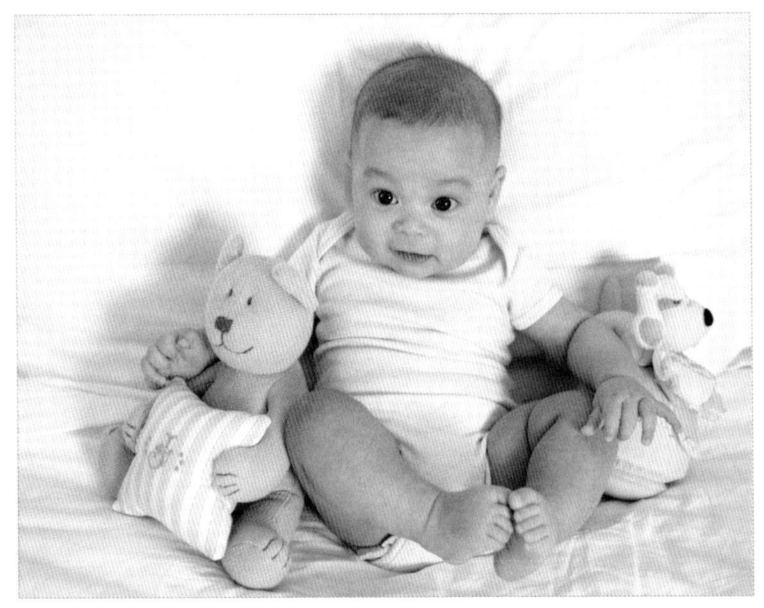

焦点对准面部，这下清楚了吧。

原因二：拍摄时光线不足

解决二：参见"室内光线不足时怎么办？"（第6～9页）

使用光圈优先模式，光圈选择4.0时，相机自动测光设定了快门速度只有1/60，因为速度慢照片拍虚了。

把感光度调高到200，同等光线条件下光圈4.0时相机自动测光设定速度为1/125，照片清楚啦！

原因三：宝贝的动作太快

这张照片里宝贝面容很清晰，但小手是模糊的，这就需要我们想办法提高快门速度，凝固住运动的画面。

解决三：提高相机感光度，使相机的快门达到1/250秒这个速度，就能拍好宝贝的动作了。

要给我什么东西？噢，动作太快了，看不清！

把感光度调高到400，快门速度达到1/250秒，这个问题解决了。

如果提高感光度后还是不行，那我们索性去户外拍摄宝贝运动的画面——户外光线充足使得快门速度很快，这样就不会拍虚啦！

看不出来吧，我其实走得挺快的。

原因四：手握持相机不稳，因为相机抖动造成照片模糊

解决四：右手抓紧相机手柄，左手托住相机或镜头的下部，尽量找到可支撑手臂的支点，这样就不会因手抖造成画面虚了。

半蹲下拍摄时，用腿支撑手臂保持稳定。

找到树枝做支撑。

手臂靠住墙壁做支撑。

有的朋友会借助三脚架来保持相机的稳定，但是宝贝动作很快，往往容不得你去调整三脚架，宝贝就已不耐烦了。所以，一切的技术要点都要依据孩子的特点，才能快速捕捉宝贝稍纵即逝的可爱瞬间。

10 怎么照出宝宝粉嫩的肤色？

粉嫩的肤质是宝宝独有的标志，也是照片必须而且能够表现的主题。如果照片没有很好地反映宝宝的肤色，那一定是操作不当造成的。

原因一：拍摄时曝光不正确

解决一：让宝宝脸上的光线充足

这张照片的光线来自宝宝身后的窗户，宝宝处于背对光线的位置。因为曝光不足，所以照片显得黑糊糊的。

宝宝面向窗户，白皙的肤色马上就显现出来了。

原因二：白平衡不准确

白平衡是照相机厂商根据常用的光源作出的设定，相机预设的白平衡有：自动、日光、阴天、白炽灯、荧光灯、闪光灯等，选择不对就会出现色调奇怪的照片。

解决二：最简便的方式是选择自动白平衡，这种模式能根据环境的色温较准确地还原肤色，大多数的拍摄场合都适用。

对色调不正确的照片用修图软件做调整，也能还原宝贝粉嫩的肤色。详见工具篇第158～159页。

拍摄模式	功能说明
自动	相机会自动计算最合适的白平衡，一般情况下，可以选用这个模式。
白炽灯	一般来说，白炽灯为主光源时物体会带上橘色的色调，这个模式会补偿黄色色调。
阴天	在阴天的时候拍摄的照片会偏蓝。这个模式会为了补偿蓝色的色调而增加黄色色调。
阴影	在阳光下的阴影处会出现偏蓝的现象。这个模式会消除这种蓝色。
日光	在这个模式下，可以把色彩调节到阳光下的状态。
自定义	这是拍摄者自定义的模式，可以根据实际情况利用白色物体测定白平衡。
荧光灯	人的眼睛在荧光灯下看到的色彩会比较正常，但是相机拍出的照片会偏绿。这个模式会补偿绿色。
闪光灯	在数码相机中的闪光灯虽然与阳光比较接近，但会有些偏蓝。这个模式可以消除这种蓝色。

11 怎么让宝贝成为照片中的主角?

成功的照片往往只有一个主题，想一想你最喜爱的照片是不是有这个特点？！看看给宝宝拍照时我们在这方面能做些什么实质性的改进吧。

问题一：宝宝自得其乐的样子很自然，可是镜子里映照出的场景太乱了，周围还有空调、音响……谁才是真正的主角呢?

解决一：把镜子转个方向，直到镜中反射的画面简洁了，你看宝贝的可爱样子多突出呀!

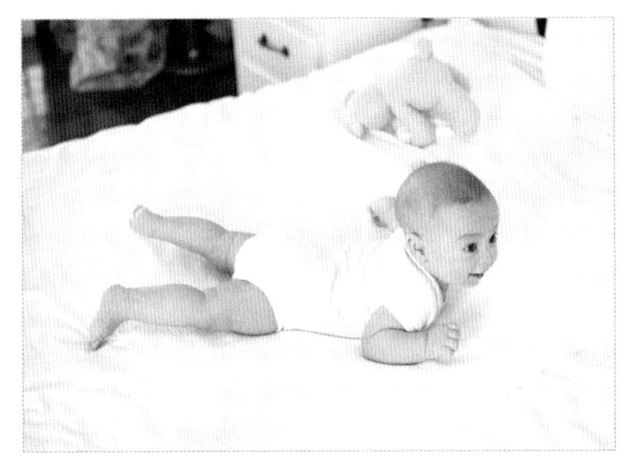

小贴士

拿走和主题无关的背景和物品，玩具的摆放不要太抢眼或凌乱，就会增强画面的趣味性和精致感，让宝宝成为真正的主角。

问题二：这张图是很多家长经常拍到的样子，虽然宝贝的动作展现得很好，但是画面有些乱，宝贝的表情不突出。

解决二：把宝贝的玩偶小熊摆在了远处成为背景，然后坐在地板上使相机与宝贝的高度一致，这样拍下来的照片宝贝很突出，画面干净、不杂乱。

问题三：有的拍摄环境杂乱不易改变，画面中的主角不突出。

解决三：使用数码单反机并配备大光圈的镜头就能很好的解决这个问题，因为大光圈的镜头最擅长虚化背景，使得画面中的小熊很突出。

已经拍出的环境杂乱的照片，我们可用修图软件来弥补，详见工具篇第160～161页

实战提高篇

这一篇是我为宝贝们拍摄时的详细记录。对不同年龄段的宝贝，我会总结拍摄的要点，对不同性格的孩子，我会为他设计不同的拍摄主题，可是并不是过了这个年龄段，这些技巧或方法就不适用了，比如给孕妈咪拍摄的用光方法，就可用来拍摄亲子照，比如为8个月的宝贝搭建的拍摄背景，对于两三岁的宝贝也同样适用。

所以请不要受到某个年龄段的限制，跟我到拍摄现场看看吧，你会清楚地看到我的拍摄思路。想要成为宝贝称职的摄影师，就要在实战中灵活地运用上一篇所讲的基本技巧。仔细地体会实战中的每一个拍摄细节并且不断尝试，也许你会迸发出更多的创作灵感呢！

01 “我是从哪儿来的？”

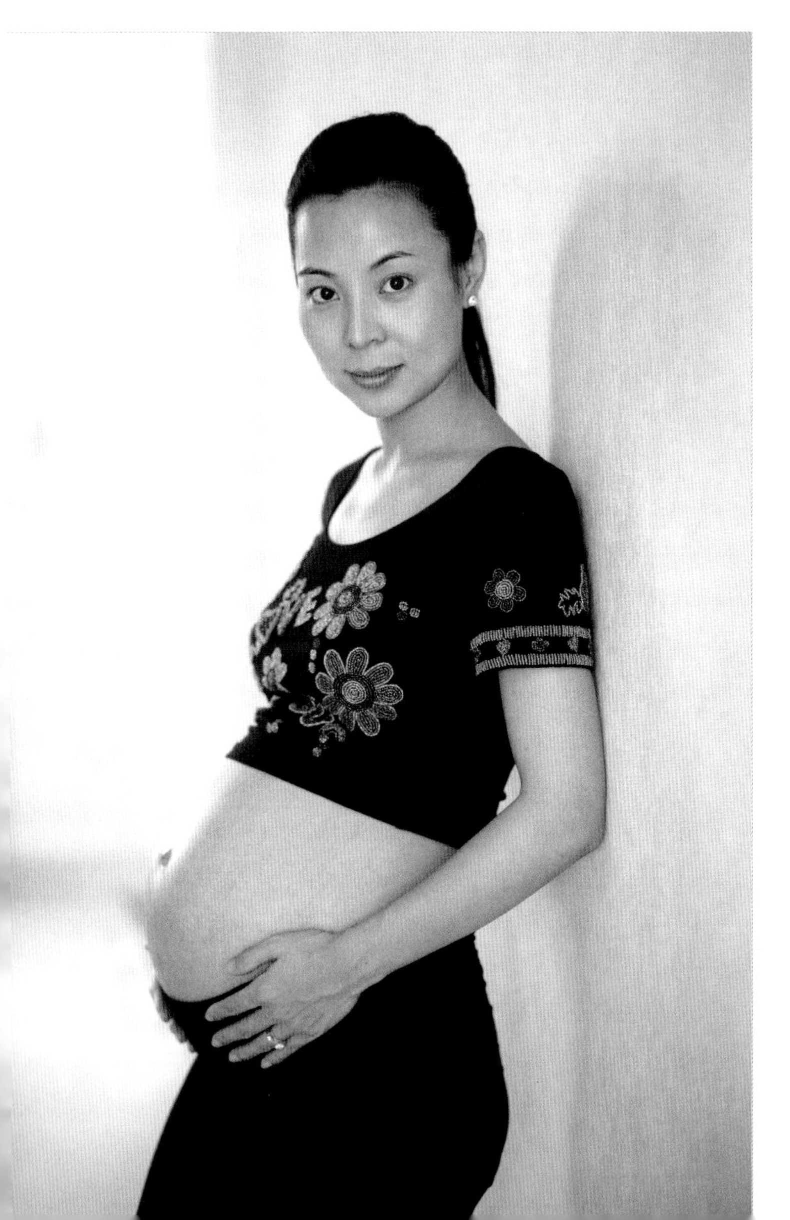

“妈妈，我是从哪儿来的？”几乎我们每个人都问过这个问题。五花八门的回答，往往都归结为一句话：“等你长大了就知道啦！”呵呵，如果拍了以下几组照片，将来宝贝就不会被这个问题困扰了，他（她）会清楚地知道，他（她）来自爸爸妈妈的爱！

宝贝的第一个家——妈妈的大肚肚

虽然宝贝还没有露面，但随着宝贝一天天的发育，几个月来，妈妈的肚肚有了很大的变化啦！而且度过了辛苦的妊娠反应期之后，在安心等待宝贝降临的过程中，妈妈的脸上有了更多幸福的光彩。现在，就是记录美好孕期的最佳时期了。

孕妈咪安娜穿上紧身的、能显示腹部线条的衣服，自豪地展示她美丽的身体曲线。以一面纯底色的墙壁做拍摄背景，安娜面向我的镜头，而我的身后是一扇光线充足的落地窗，来自落地窗的柔和光线均匀地照射在她的脸上，成就了这幅恬静而美丽的肖像。在画面的左侧一扇小窗进入画面，但是这扇朝北的窗光线很弱，不会使得人物出现逆光的效果。

为突出妈妈的“大”肚肚，拍摄时还可以大胆构图，把视线的焦点集中在大肚肚和小鞋子上，形成有趣的大与小的对比。

把精心给宝贝准备的小鞋子贴在肚肚上，告诉宝贝：妈妈好爱你！

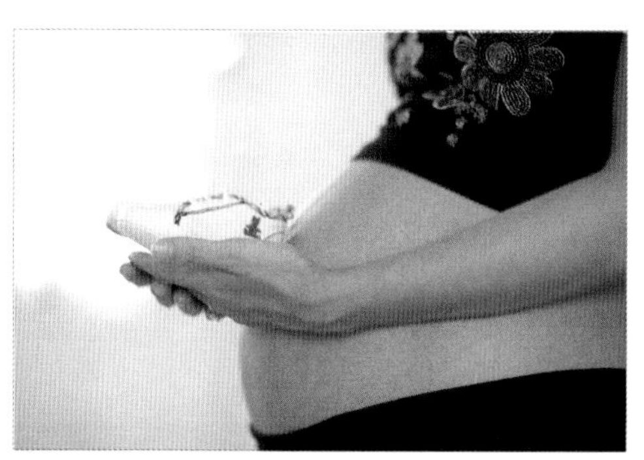

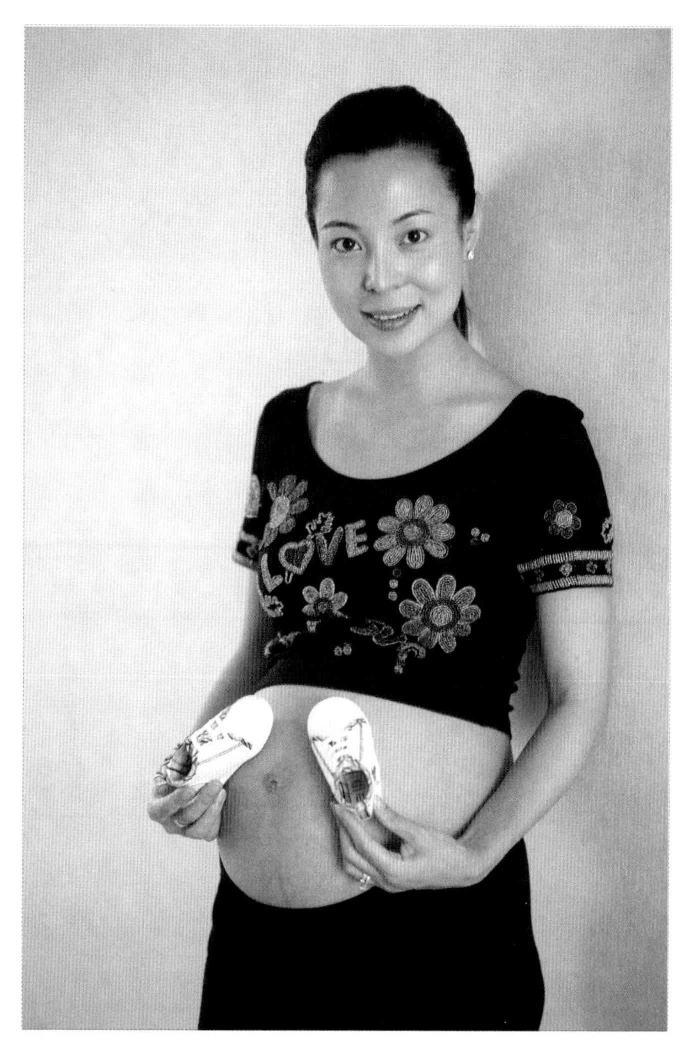

简洁的背景突出了人物的姿态和神情。和背景颜色反差较大的衣着，把安娜的皮肤衬托得如此光洁。

孕妈妈优美的D形曲线剪影

孕期的妈咪，最美的是肚子高高隆起的曲线，这种形体是一生中最特别也是最神圣的。而要秀出孕妈咪美丽的D形身材，最好的方式就是拍摄剪影肖像了。

我为安娜拍摄剪影时选择阳光很充足的时候，请她站在米白色薄纱窗帘的前面。因为窗帘占了照片的大部分画面，相机的自动测光系统会以窗帘做正常曝光，所以人物就会出现曝光不足的现象，可是这种曝光不足正是我们所追求的呢——一幅优美的孕妈咪的身体剪影肖像诞生了！

安娜换上了纯白的贴身衣服，使轮廓鲜明的剪影愈显圣洁。

曝光补偿	0
ISO感光度	100
模式	光圈优先（AV挡）
光圈	4.0
速度	1/500秒

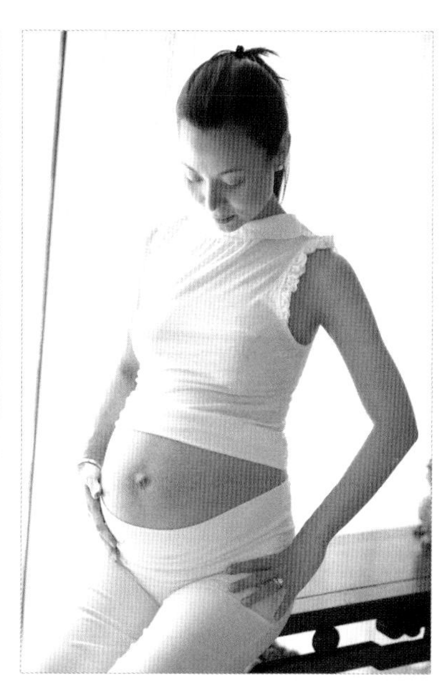

小贴士

光圈优先（AV挡）

光圈优先是摄影者自定光圈值，相机测光后自动确定快门速度的曝光模式。光圈是用来控制进光量的装置，光线透过镜头进入机身内的感光面，光圈的F值数字越小，光圈就越大，进入相机的光线就越多。拍摄人物肖像时最好选用大光圈，如F1.8\F2.8\ F4 \F5.6等。使用数码单反机时调大光圈，还可以很好地虚化人物的背景，使人物突出。

在这样明亮的背景前拍摄，还可以使用相机的点测光模式，对准人物的脸部测光，这样就能拍摄出人物曝光正常，画面温馨自然的孕味照片了。

户外散步好心情

户外散步几乎是孕妈咪每天的必修课，因为在安静优美的环境中散步不仅可以增强体质，还能愉悦心情，对腹中的宝贝大有裨益。如果说在家中拍摄孕妈咪展示的是甜蜜和慈爱，那么拍摄户外的孕妈咪就要追求轻松闲适的效果了。

孕妈咪Celina经常在社区里散步，所以我很方便地选择了社区的林荫路做拍摄背景。此时正值夏季，绿树成荫，阳光透过树叶，一片绿意盎然。怎么利用当下的环境拍出漂亮的照片呢？不妨试试以下两个窍门：

窍门一：仰拍。

拍摄时我半蹲下向上仰拍，镜头中便看不到人物身后的水泥地面了，茂密的树叶成为了背景，整个画面悠然惬意。仰拍时注意不要离人物太近，以免人物变形。

绿意盎然的背景，黄色活力T恤衫，孕妈咪CELINA的笑容就像夏天的阳光一般灿烂。

窍门二：利用没有树荫的地面反光。

透过树荫的光线散落在Celina身上，柔和又均匀，而照亮脸庞的光线则来自于她身体前方没有被树荫遮挡的地面上的反光。我在拍摄时移动了几次人物的位置，最终找到反射在脸上最均匀明亮的光线。这种利用被照亮的天然环境补光的方法很考验你的眼力，但是非常方便实用哟！

宽边白檐帽使画面更清爽了，也增强了闲适的氛围。

秀一秀美丽的身材。

告别二人世界：“1+1=3”

因为老公无微不至的关爱，孕妈咪虹亭的孕期很是开心。随着宝贝一天天地长大，老公每天都要抚摸着虹亭的肚子与宝贝说说话，而宝贝也兴奋地拳打脚踢回应着。每天的这个时候，是夫妇俩最甜蜜快乐的时光。记录下这些美好，将来让宝贝也一起分享吧！

拍摄合影照片时，画面简洁不杂乱是很重要的，虹亭鲜艳的粉色上衣是画面的主色调，因此虹亭的裤子和老公的衬衫都选择了白色，这样的搭配既呼应又很简洁，可使人物突出。我们把一盆高大的绿植搬到他俩身后遮挡住深色的柜子，窗台上又摆放了一束盛开的百合花作为前景，使画面更加清丽。

靠窗的位置光线充足，是家中最适合拍照的地方，你还记得吗？

拍摄时拉上白色纱帘遮住半扇窗，刺眼的阳光顿时变得柔和均匀了，这样的光线照射在夫妇俩的身上，画面展现出清新自然的感觉。

接下来拍摄一组剪影照片。夫妇俩还是站在那扇窗户前，但注意看，我的位置变了！让镜头直对着明亮的窗户，相机的自动测光以窗帘做正常曝光，人物因曝光不足而呈现出剪影的效果。需要强调的是，拍摄时要用轻薄透光的纱帘做背景，这样才能够与人物形成明暗反差；如果是很厚的窗帘不透光，人物与背景融为一体，效果就不好了。

厚窗帘的遮掩使得画面人物不突出。

拉开厚窗帘的效果就完美了。凝望的剪影，无言的深情。

为迎接宝贝而置办的小东东，超可爱！

下面在相同的位置，也是以轻薄透光的纱帘做背景，拍摄虹亭给宝贝准备的物品，这需要正确的曝光才能达到理想的效果。

我首先用一面自制的反光板补光，接下来转动相机镜头的变焦环，使得大肚肚占了大部分画面，这样相机会以大肚肚来测光，画面清新亮丽，不会出现曝光不足的剪影现象。

反光板竖在虹亭的前方，和从窗户射进来的光线成90°角，就能把光反射到虹亭身上了。

准爸爸与肚子里宝贝的游戏是必不可少的拍摄主题。虹亭黑色的抹胸和裙子使得肚子（二号主角）更加突出；黑白灰为主色调的画面简单干净，突出了一号男主角的神态。

虹亭面向窗户，来自窗户的自然光使大肚肚更显圆润饱满。

宝贝，你好像又长大一点喽。

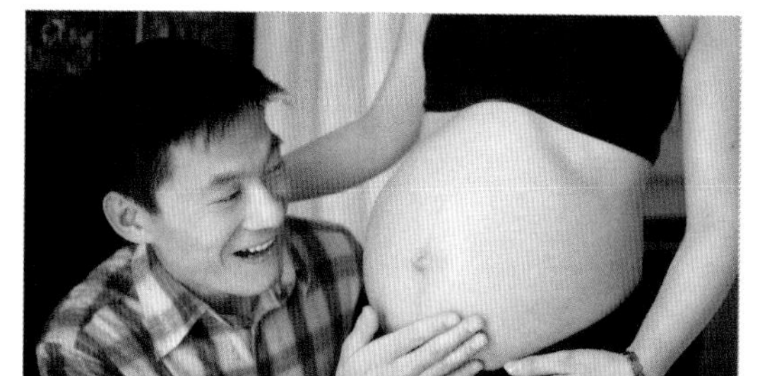

我的乖宝贝呀，爸爸妈妈好爱你，希望你健健康康地成长。

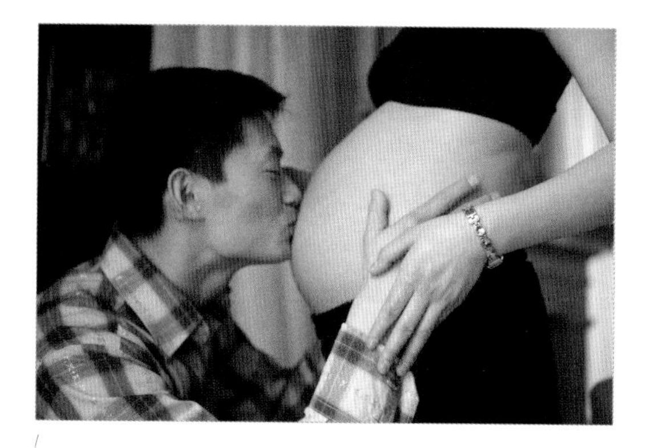

亲亲我的宝贝！

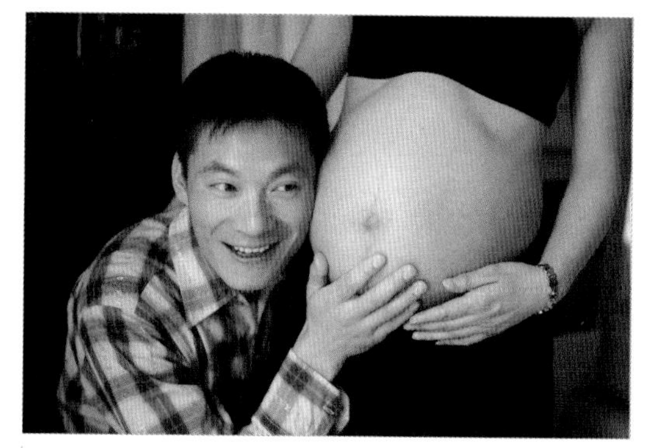

哈哈！宝贝一定是知道了爸爸的心意，也在回应哪！

02 宝贝诞生啦！

0~1 个月宝贝拍摄要点

刚诞生的宝贝软软的、小小的，真娇嫩啊！要在不惊扰宝贝的情况下记录他（她）初降人世最纯美的模样，一定要留心以下拍摄要点哟：

1.注意保护宝贝的眼睛，不要让强光照射，更不可使用闪光灯拍摄。

2.把室温控制在25℃左右，给宝贝穿得尽量少些，背景最好是素雅的底色。

3.让宝贝躺在小床上或在大人的怀抱里，总之要让宝贝舒舒服服地拍摄。

4.这么小的宝贝经常处于睡眠状态，醒着的时间很短，所以要先做好各种准备，以等候最佳的拍摄时机。

宸宸宝贝出生已经16天了，这半个月来，全家人既喜悦又紧张，每天都在幸福地忙碌着。渐渐地，宝贝的生活有了规律，宸宸妈终于有时间考虑给宝贝拍照片了。

在室温到达25°C时，妈妈给宸宸换上了轻薄的纯色小爬服。我把一个小花图案的淡雅大枕套铺在宸宸的小床上做拍摄的背景。

宸宸的小床靠近窗户，一层薄纱帘的遮挡使阳光很柔和地投射进室内，光线均匀不刺眼（在多云的天气时拉开纱帘也是这种光效），这里便是最佳的拍摄位置。

在小床的围栏上我挂上了白色大浴巾，消除了宝贝背光一侧的阴影。因为室内光线弱容易拍虚，所以我把相机的ISO感光度设为300，相机模式设定为光圈优先（AV挡）。

由于宝贝的衣服和背景都是浅色调的，所以我增加了2/3的曝光补偿，来纠正相机自动测光时出现的偏差。

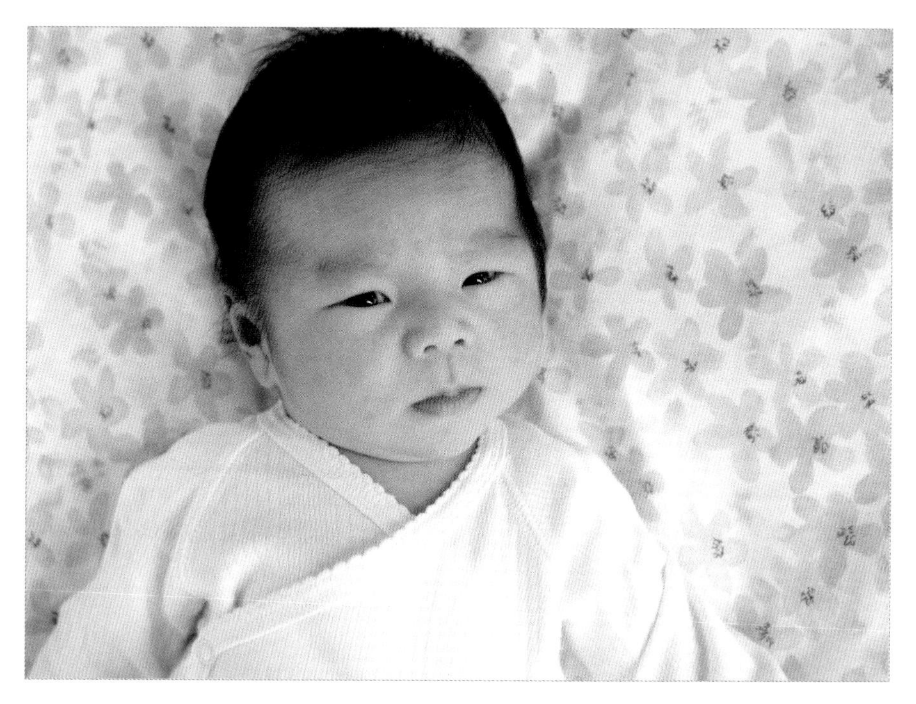

曝光补偿	+2/3
ISO感光度	300
模式	光圈优先（AV挡）
光圈	4.0
速度	1/160秒

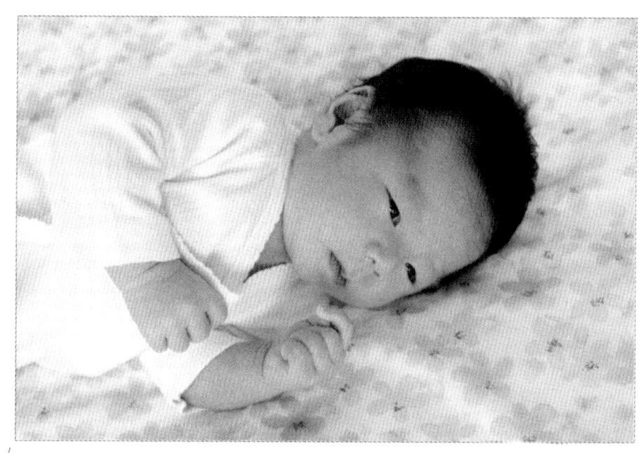

浓黑的胎发，淡淡的眉毛，脸上还有一些湿疹，哈哈，这就是小小的我！

小贴士

曝光补偿调节

画面中是大面积的浅色物体时，相机的自动测光会失误，拍出的照片灰暗，景物曝光不足，这时可增加曝光补偿2/3挡或1挡，就可拍摄出曝光正常的照片。

同样，画面中是大面积的深色物体时，相机的自动测光失误会导致曝光过度，因此要减少曝光补偿。在自动模式（P挡）、快门优先（TV挡）或者光圈优先（AV挡）模式中的都可设置曝光补偿。

襁褓中的宁馨儿

襁褓是我们每个人心中最柔软的记忆，代表了呵护、宠爱、温暖和安全。

为营造出这种温馨的意境，我用黄色绒毯来给宝贝做个小襁褓。

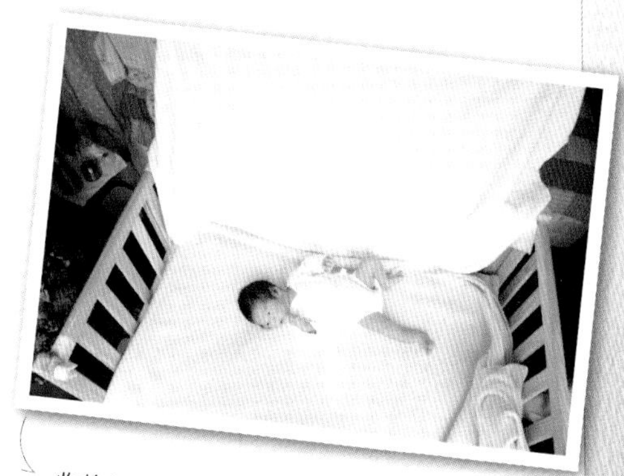

收拾干净的小床是给小宝贝拍摄的理想位置，展开黄色的绒毯，做襁褓前先拍一组宸宸舒展身体的照片。

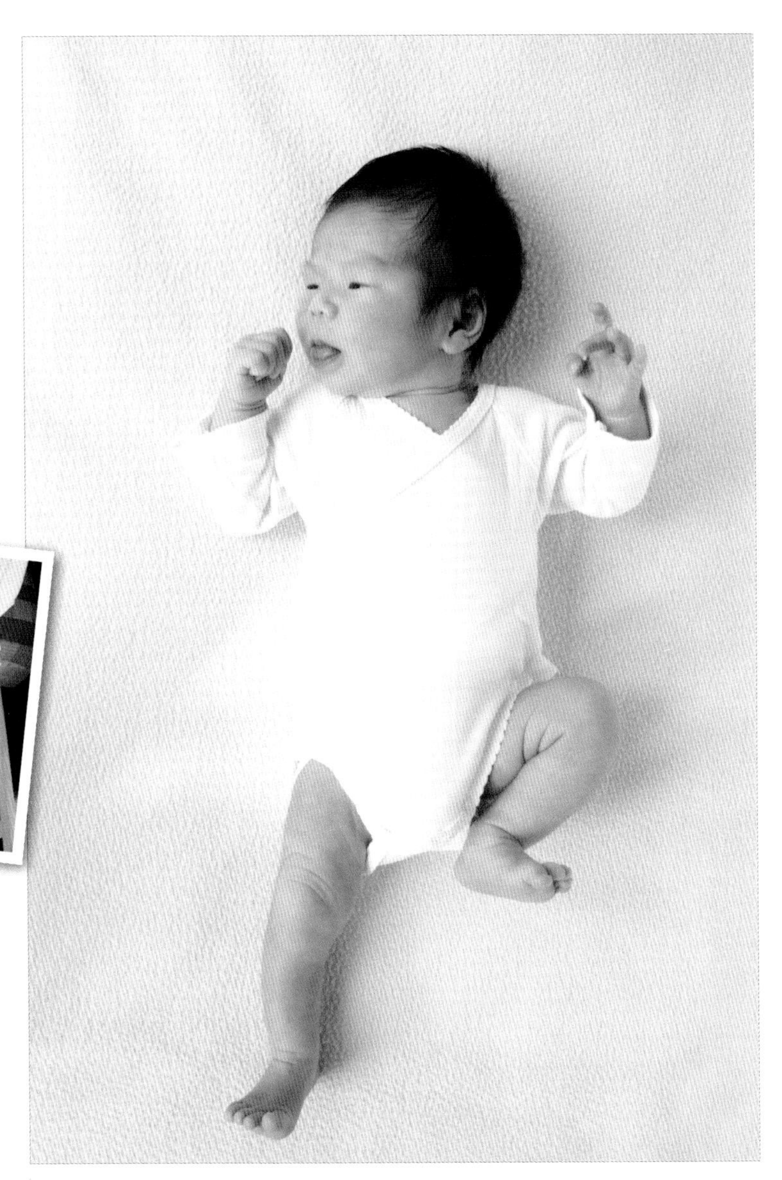

我站在高处向下俯拍，注意不要离人物太近，以免人物变形。

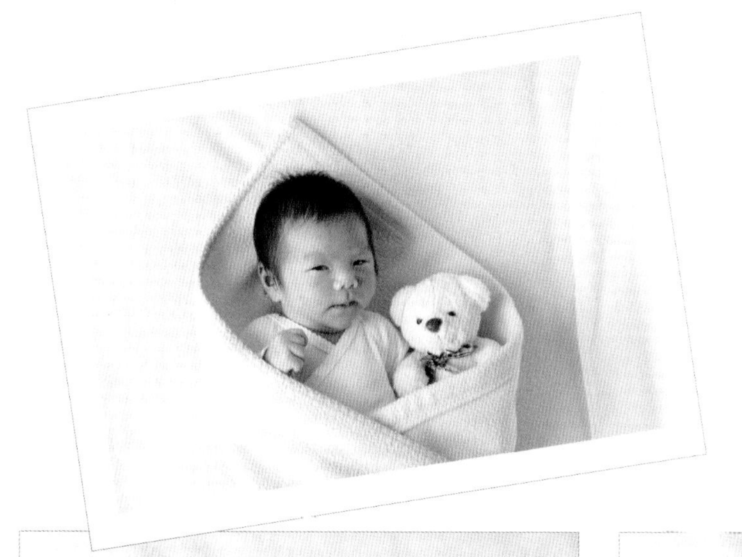

为了增添画面的趣味，让一只小熊来和他做伴。轻轻地把宸宸放在绒毯的一角，把他和小熊一起包裹起来，注意阴影处要用白浴巾补光哟！躺在襁褓中的宝贝多么自在、安宁呀！

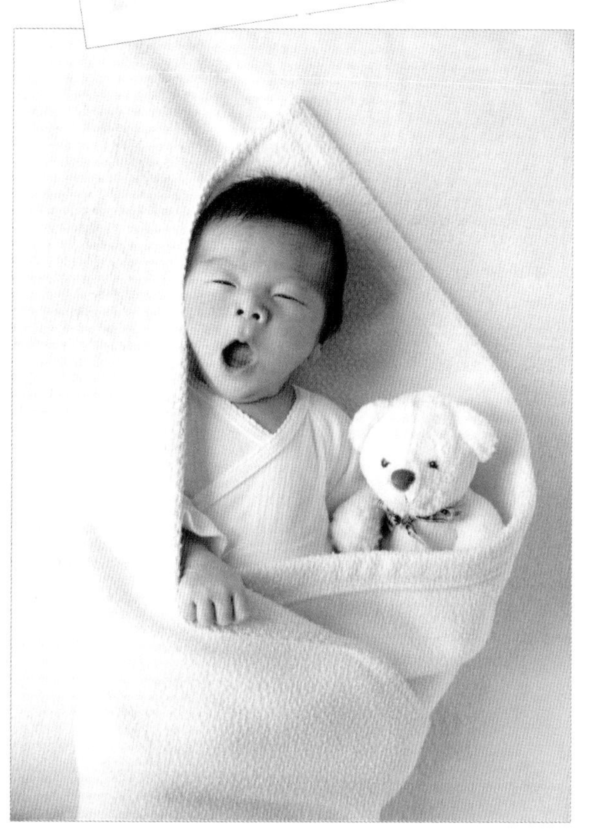

不盈一握

新手父母习惯拍摄宝贝的脸部或全身，其实最能表现宝贝娇小可爱的拍摄主题，莫过于宝贝的小手小脚了。那不盈一握的感觉，是不是让你生出了无限的宠爱？！

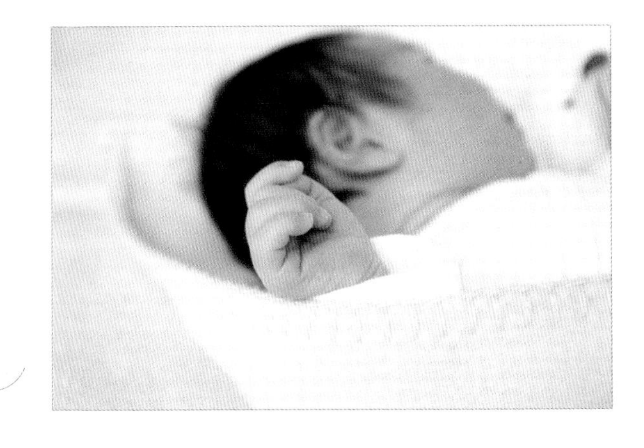

焦点对准宝贝的小手，把光圈调到最大使脸部虚化，粉嫩的小手更突出了。

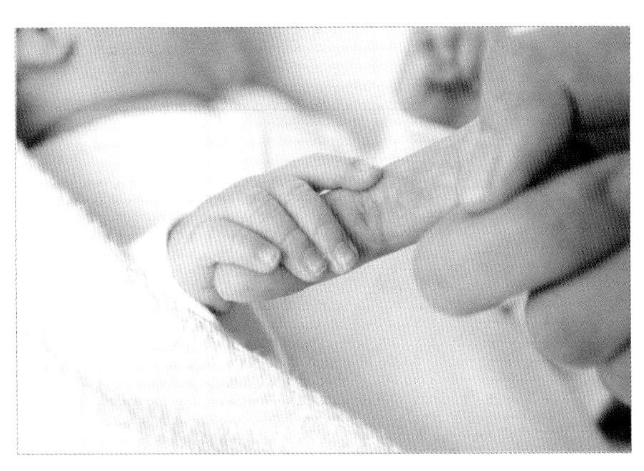

妈妈的一个指头轻轻托住了宝贝的整个小手，画面里传达了浓浓的爱意。

在拍摄宸宸的小脚丫时，把蓝色绒毯推出一些褶皱，使画面色彩和层次更丰富。

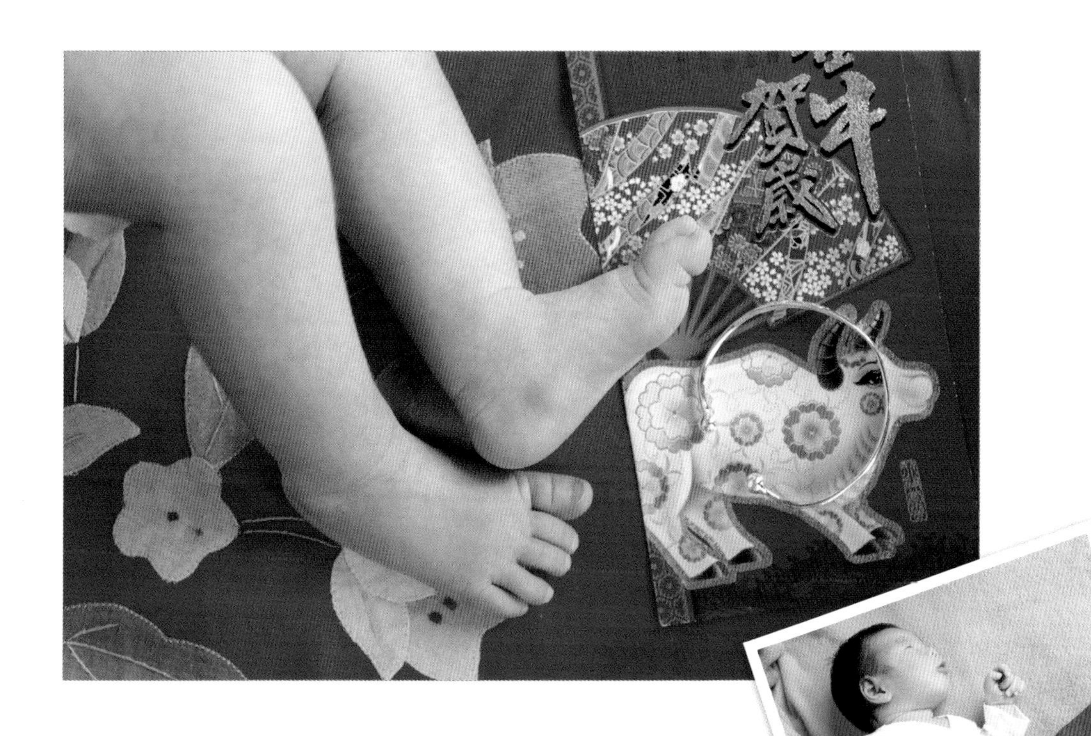

这两张小脚丫的特写照片是趁宸宸美美地睡小觉儿的时候拍摄的，我只是快速地更换了背景，过程简单又方便。这两种截然不同的效果，你更喜欢哪一个呢？

用一块喜庆的靠垫套与亲友送的红包和银手镯组成了这幅喜气洋洋的画面，把美好的祝福留住。

小贴士

1. 最好选择宝贝熟睡时拍摄他（她）的小手小脚，避免宝贝手舞足蹈时拍不到清晰的照片。
2. 拍摄时手腕脚踝不要有衣服遮挡。
3. 可以拍摄爸爸的大手捧着宝贝小手或妈妈亲吻宝贝小脚的照片，创作更富生活气息的珍贵记忆。

花中仙子

宝贝是降临到人世间的小天使，就像随着花苞的绽放而醒来的精灵。看宸宸是怎么变身花中仙子的：

在窗前的木地板上铺上厚软的垫子，给宝贝脱去衣服，用粉色的绒毯包裹住他，在有阴影的一侧两个人手拉着白浴巾补光。

绒毯在宝贝的周围围绕出流动的线条，宸宸如同躺在美丽的花心里。

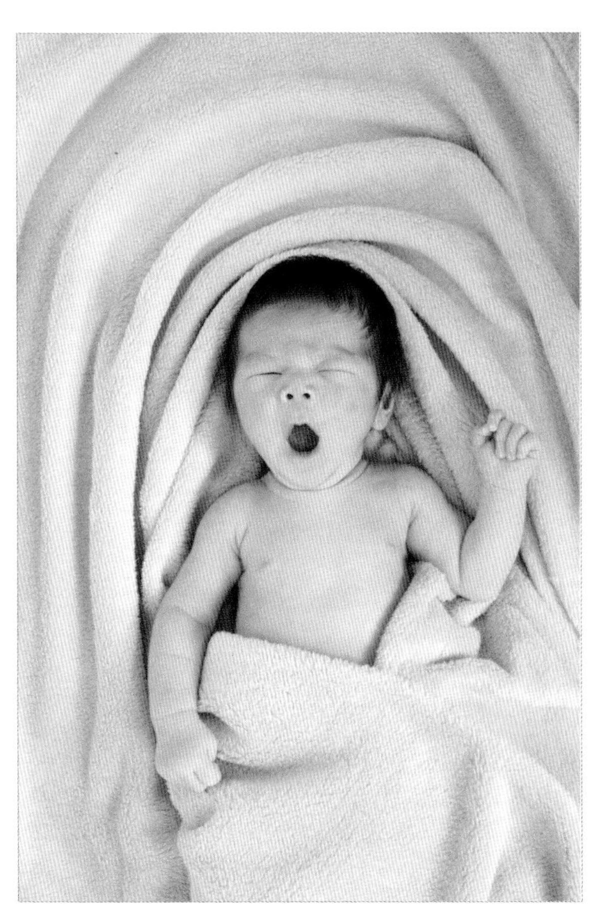

我的花瓣是粉色的，你的呢？

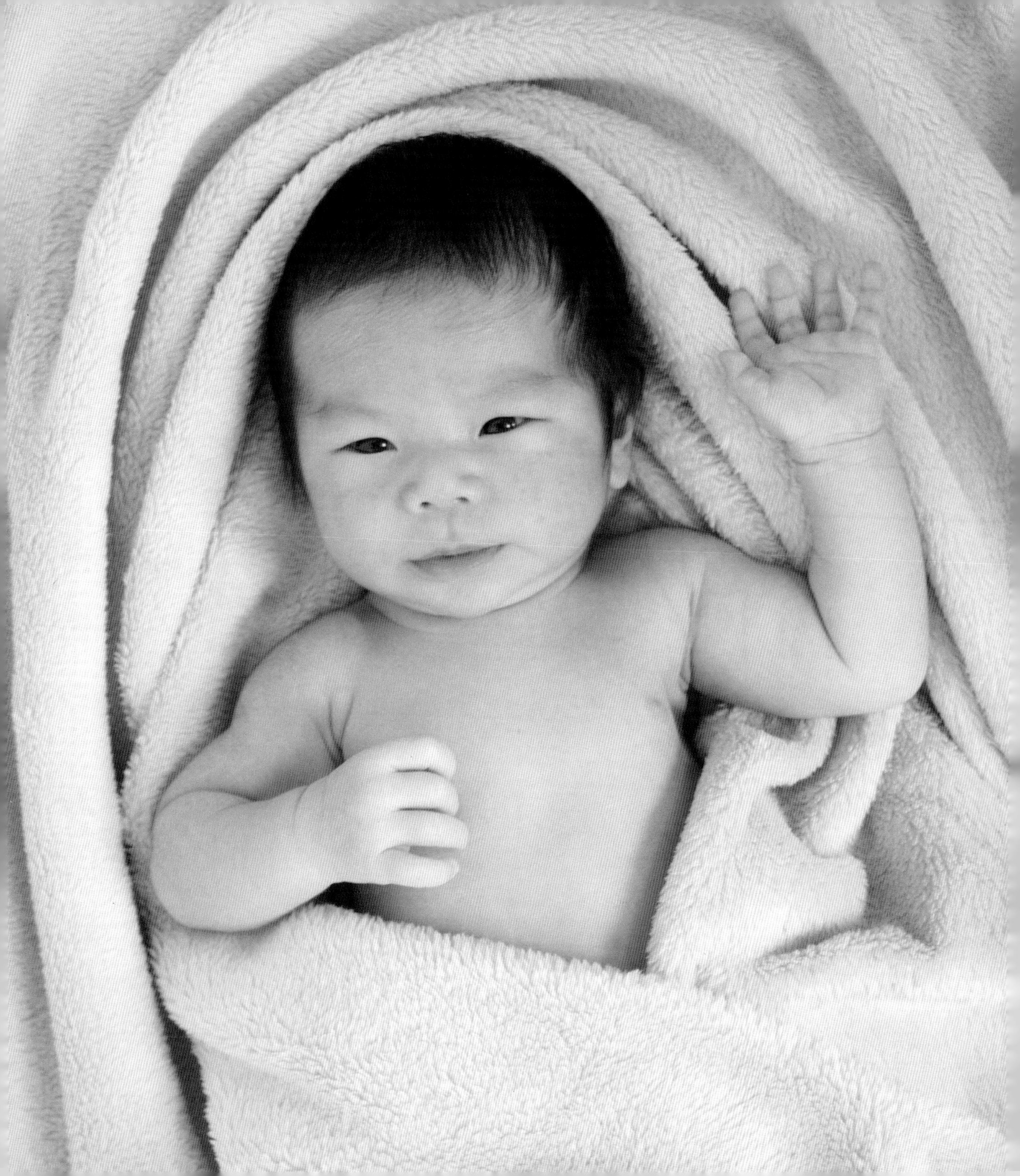

03 宝贝一百天啦！

1～3个月宝贝拍摄要点

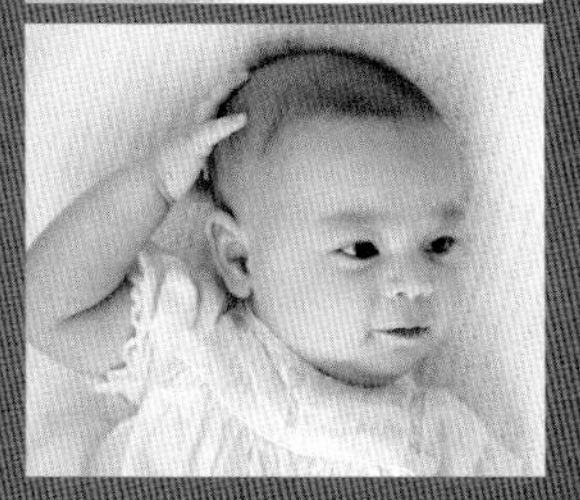

在爸爸妈妈的精心哺育下，三个月左右的宝贝比刚出生时“长开”啦！不仅有了胖嘟嘟的奶膘，表情和动作也越来越丰富了，在吃饱睡好之后，经常能展现出迷人的笑容，小胳膊小腿儿也能灵活地挥舞了。宝贝已经长了新本事，爸爸妈妈的拍摄技巧也要跟进哟：

1.很多宝贝这时能很好地趴着抬头了，但是支撑的时间很短，要尽快拍摄以免宝贝疲劳。

2.随着视觉的发展，宝贝开始对颜色有了分辨力，对黄色和红色都很敏感，所以用这两种颜色的玩具来逗宝贝，会有很好的效果。

3.宝贝醒着时经常会高兴地手舞足蹈，要防止照片拍虚，须提高快门的速度，详见技巧篇的第32～35页。

圣洁经典

安娜的儿子William一百天啦！饱满的额头，黑葡萄般的大眼睛，藕节似的小胳膊小腿儿，让我们来创作属于自己的经典照片吧！

我在他睡觉的时候已做好拍摄准备，因为宝贝在睡醒后一小时以内情绪最好，是拍摄的黄金时间段。

在落地窗旁边阳光没有直射的地板上铺上两块地垫，妈妈给William脱去了衣服，用一条轻薄的围巾包裹着他。躺在柔软的羊毛垫上，脱掉了衣服的小家伙很是惬意。落地窗的光线照亮了身体的一侧，在有暗影的另一侧我放上反光板补光，这样宝贝脸上的光线很均匀。我就站在他的上方俯拍。

白平衡	自动
ISO感光度	100
模式	光圈优先（AV挡）
光圈	4.0
速度	1/160

宝贝娇嫩的肌肤在白色丝绒围巾和米黄色羊毛垫的衬托下，显得美丽圣洁。只需浅浅的暖色和柔软的质感，拍摄小宝贝最经典的肖像就这么简单！

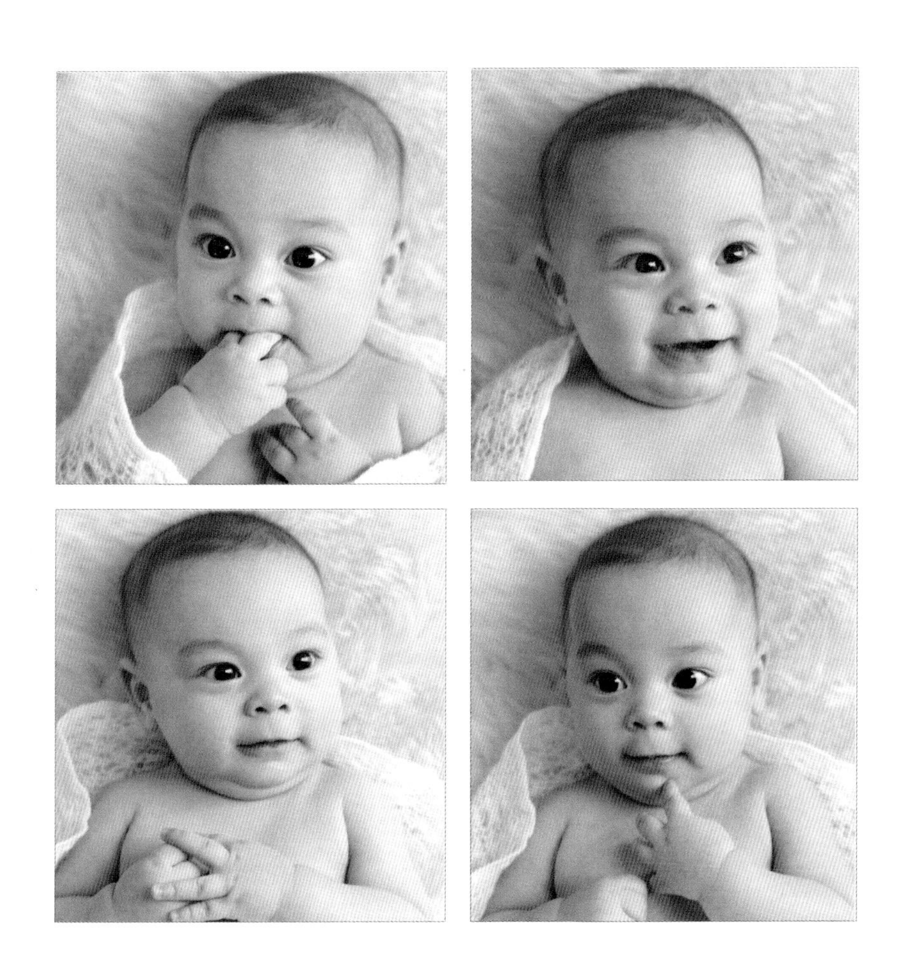

抬起高贵的头

三个月左右的宝贝会趴着抬头了，这可是宝贝里程碑式的进步，是他健康发育的重要标志，一定要记录下来哟！

妈妈把William抱起来放在落地窗前的软凳上，小家伙很努力地用小胳膊撑着抬起了头。可是因为阳光照射的薄纱帘这个明亮背景占据了大部分画面，使得相机错误曝光，人物曝光不足。安娜怀孕时的优美剪影就是在这里拍到的（见第46页），但同样环境下拍摄宝贝的效果就不理想了。

曝光不足掩盖了宝贝的粉嫩肤质。

我赶快把厚重遮光的窗帘拉上成为背景，背景变暗了，背景与人物的曝光就正确啦！来自宝贝正前方没有拉上厚窗帘的落地窗的光线照亮了宝贝的脸，呈现出很有层次的光影效果。

小贴士

有的宝贝“偷懒”不愿意抬高头，这时可以用一个稍硬些的枕头垫在他（她）的胳膊下，趴在枕头上的宝贝能把头抬得又高又稳！

William快长牙了，因此口水很多，趴着抬头还可以拍到他口水流淌下来挂在嘴边的可爱模样。当然，除了姿势的问题，合适的光照角度才能表现出口水的晶莹剔透哦。

口水涟涟，可是看不清楚。

透明的口水在侧面光线的照射下显得晶莹剔透。

再拍一张宝贝竖直着抬头的照片吧，但要这个月龄的宝贝坐起来，可是个高难度动作，于是妈妈用双手稳稳扶住宝贝的腋下，再用针织薄毯围挡在宝贝的胸前，这样既不会在画面中露出妈妈的手，也不用顾虑宝贝的安全问题了！

手足情深

虽然有时会有争抢和打闹，会问爸爸妈妈“你们更爱谁？”但手足之情总会在我们长大后带来温暖的感动，让人深深珍惜。现在拍摄的照片，会成为孩子们最珍贵的回忆。我现在就来协助安娜做这件“有历史意义”的事情。

安娜给两岁半的姐姐Olivia与弟弟William都换上了爸爸小时候穿过的非常有纪念意义的小睡衣，可是拍摄姐弟俩的合影可不是件容易的事：要大宝贝乖乖地待在小宝贝身边——不许跑开，还要有感情交流——不许不耐烦，呵呵，这样的安排还真有难度，一定要先把光线、背景、构图等都考虑好了，再临场随机应变速战速决才行。

我选择在安娜家落地窗旁的地板上拍摄。一来窗边的光线充足，二来地板的橙褐色易于拍出温暖、怀旧的氛围。

拍摄场景布置好了，下面就要考虑构图了。

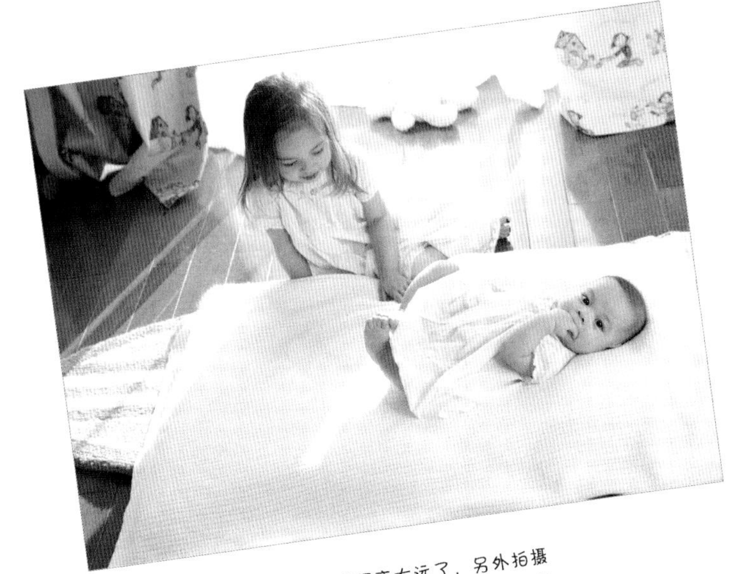

这张照片OLIVIA与弟弟的距离太远了，另外拍摄的角度高，姐姐的表情表现得不充分，场景也显得杂乱。

我让OLIVIA趴在地板上，这样与弟弟的脸接近了，而弟弟也被姐姐的声音所吸引，画面紧凑了。我也趴着使镜头与宝贝的高度一致，终于拍到了宝贝们完美的合影。

小贴士

拍摄宝贝合影的要点

1.要把人物的位置安排得尽量紧凑。

2.要找到让宝贝们互动的游戏，比如“闻一闻弟弟的脸香不香”。

3.事先做好拍摄准备，抓拍要非常迅速。

OLIVIA趴着累了，躺在弟弟身边，我马上站起来俯拍，因为这样的角度才能把两人在同一个平面上展示出来。OLIVIA在抚摸弟弟，真的很有小姐姐的风范呢！

04 灵巧的福娃娃

4~6 个月宝贝拍摄要点

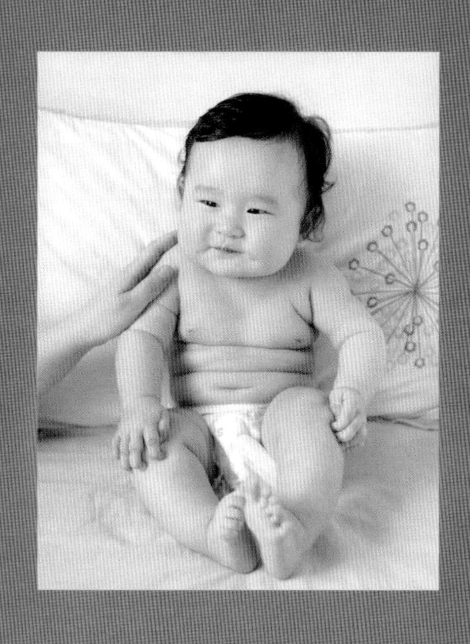

这个阶段宝贝的发育很快，很多宝贝的体重已达到出生时的两倍，尤为“丰满”。更令人欣喜的是，这个胖娃娃开始对自身进行探索啦，不仅经常咂摸自己的小手，还不时“高难度”地“品尝”一下自己的脚丫。所以，就把这个阶段的拍摄主题命名为“灵巧的福娃娃”吧。要表现宝贝的肤如凝脂和可爱的动作，爸爸妈妈在拍摄时要注意以下要点：

1. 使用“连拍”。宝贝有了更多的表情和动作，而且每个都那么可爱，使用连拍功能就不会错过啦！
2. 宝贝胖胖的一身肉肉太招人喜欢了，很适合拍裸照哦。
3. 宝贝这时喜欢“品尝”拿到的一切东西，所以拍摄用的玩具道具要保证清洁。

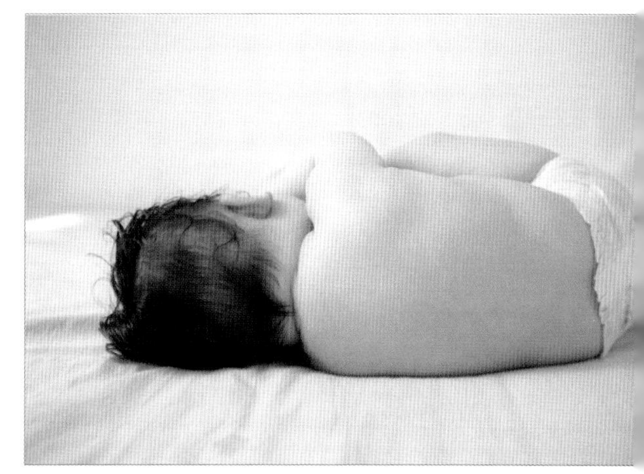

露出可爱的胖肉肉

玥玥宝贝已经五个多月了，细白粉嫩的皮肤、可爱的胖肉肉，一定要拍摄下来留做纪念。为了让宝贝最舒展地面对镜头，拍摄要在大床上进行。

原先床单的大花图案和棕色的床头都会使画面显得凌乱，所以在拍摄之前，我们换了纯色的床单，又用白色的单子遮挡了床头，我就站在床上俯拍。

杂乱的颜色掩盖了宝贝皮肤的光彩。

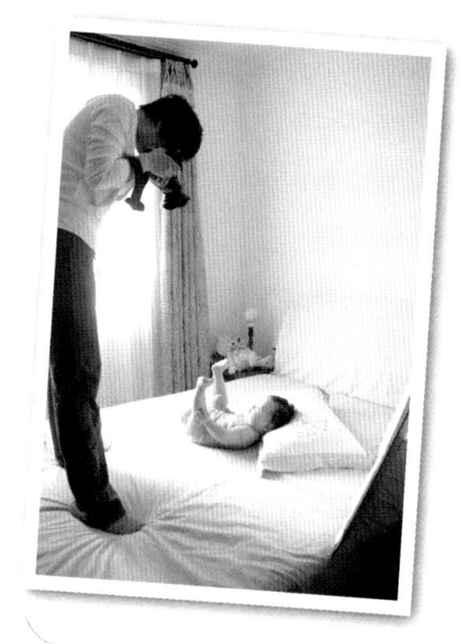

盖住床头的白单子不仅使背景简洁了，还有一定的补光作用呢！

浅黄色的床单凸显出宝贝皮肤的白皙和细腻。

玥玥最爱在脱光的时候抓着自己的小脚丫玩儿了，拍摄的时候我调整了反光板，尽量地贴近宝贝，在光线最均匀的时候拍下了这张照片。

反光板把从窗户照进来的光反射到玥玥的脸上，这样就可以消除背光一侧的暗影了。

宝贝瑜伽，无师自通。

小贴士

1. 给宝贝拍裸照时，夏季要关冷气，冬季室温要达到宝贝洗澡时的温度，给宝贝逐渐减少衣服，慢慢适应室温后再全脱光。
2. 在脱衣前就要和宝贝玩开心，在他（她）情绪最好时脱去衣服，通常宝贝都会露出欢快惬意的表情。
3. 无论男宝贝还是女宝贝，私密部位应注意不要暴露，宝贝长大后都会在乎这个的。
4. 陪衬物或场景应尽量简单，只用浴巾或纯色的床单就有很好的效果。

没有支撑物，宝贝抬头有点儿费劲。

趴在大枕头上就舒服多啦！——枕头最好是白色的，既能支撑宝贝又能补光哟！

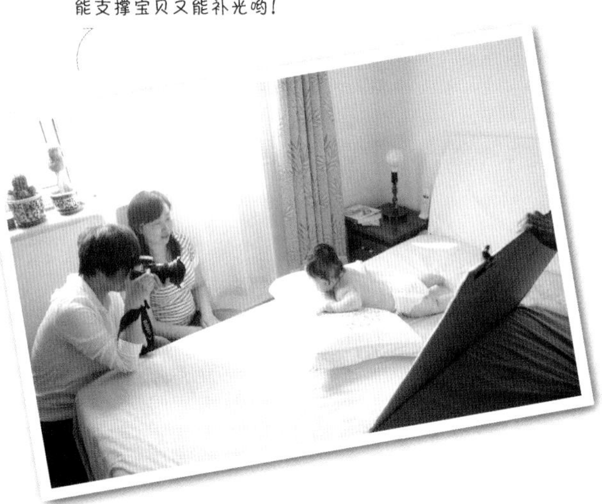

加把劲，翻！哈哈，玥玥翻过身来啦！拍一张抬头挺胸的照片吧。可是玥玥在趴着的时候不喜欢用手臂支撑，所以我马上给她垫上一个大枕头，这样她不用使劲儿，就能把头抬高了。趴着时用上支撑物，宝贝舒服，拍摄角度理想，这种方法对4～6个月的宝贝最有用。

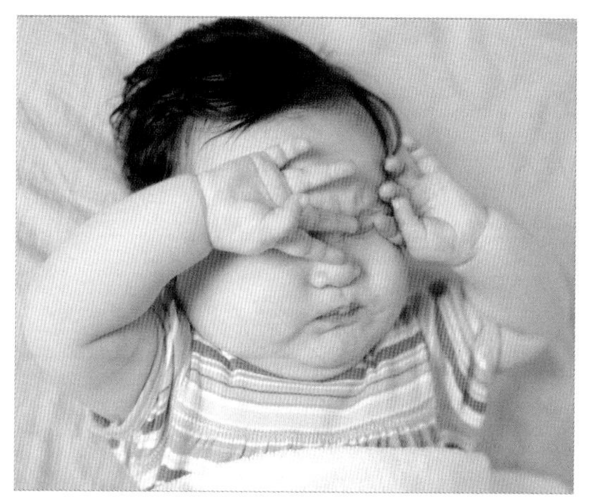

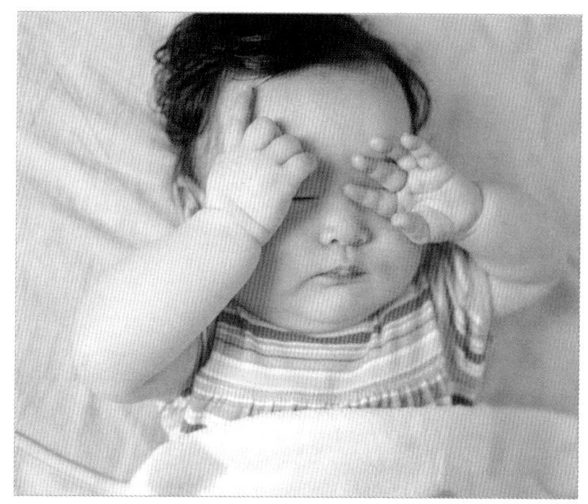

连拍下宝贝睡觉时揉眼睛的照片，每张都很可爱吧。

天使爱美丽

玥玥妈很喜欢给女儿买漂亮的小裙子，可爱的发饰，经常把女儿打扮得美美的带她出去参加朋友聚会。看玥玥穿着这件缎面绣花的小礼服多可爱呀，像个小公主一样。

在给玥玥拍摄这组照片时我很费心思——宝贝这么精致的装扮一定要用同样漂亮的场景才能搭配得当。我在明亮的阳台上铺上垫子，放上宝贝的趴枕，再在上面铺上白色的厚床单，最后把家中花瓶里的小花装饰在周围，用软薄的白纱罩在最上层。

玥玥躺在这特制的厚软垫当中，既舒适又能很好地展现穿着礼服的效果：若隐若现的白纱呈现出美丽的纹路，清新雅致的小花使画面浪漫又富有诗意，可爱的玥玥如同童话世界里的小天使。

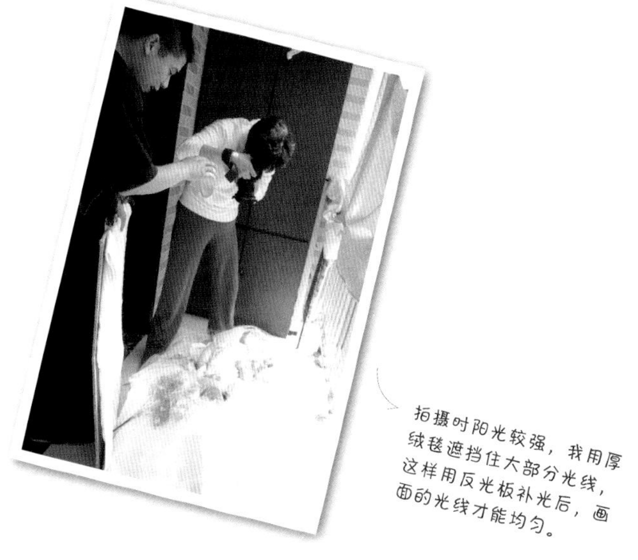

拍摄时阳光较强，我用厚绒毯遮挡住大部分光线，这样用反光板补光后，画面的光线才能均匀。

“你就是～童话里～那个可爱的天使……”

阳台日光浴

晒太阳补钙是宝贝每天的功课，这个很"日常"的活动其实可以拍出趣味来，看看我的创意吧。还是在阳台的这个位置，我搬来几盆家中的绿植，用沙土色的沙发套做垫子，"人造海滩"完成了。可爱的小美女穿着比基尼泳衣戴着花边太阳镜，悠闲地躺着晒太阳，多么有趣的一组画面呀！光线同上面那组一样。

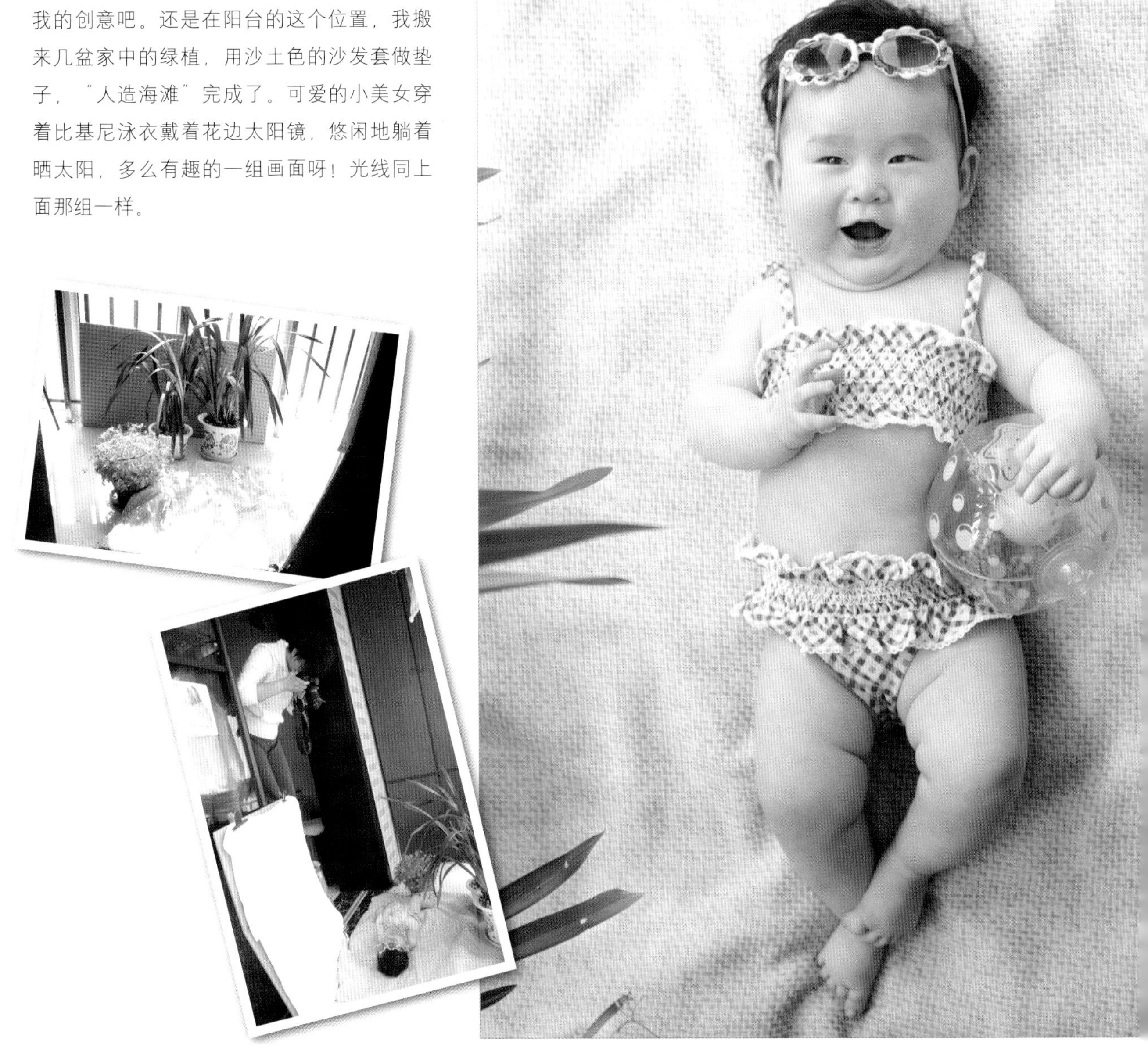

拍完后我把遮挡阳光的绒毯取下，杂乱的光线顿时破坏了画面，玥玥的脸上也出现了难看的光影。我灵机一动，尝试利用这种自然的光影来营造更真实的“日光浴”的氛围。

我给玥玥换了角度，让她背对阳光，这样脸上就不会有影子了。为了不使背光的脸发黑，我在她身体前方放置了反光板，脸上得到了均匀的补光。

光影斑驳中，玥玥懒洋洋地晒着太阳，多么悠闲自在！

05 “忙碌”的淘气包

7~9 个月宝贝拍摄要点

宝贝过半岁之后，爸爸妈妈是不是有一种重新适应宝贝节奏的感觉？长牙了，吃辅食了，会坐了，学爬了，黏人了……总之宝贝醒着的时间变长了，经常“不自量力”地要干点什么，还挺“忙”。宝贝的这些成长变化，当然要记录下来了：

1.有的宝贝这时“认生”很厉害，为避免宝贝紧张，尽量选择在他（她）熟悉的环境下拍摄。

2.宝贝萌发了自己吃饭的兴趣，不要担心他（她）吃得哪儿都是，这可是他（她）自力更生的第一步，拍下宝贝有趣的吃相吧。

3.拍摄宝贝练习爬行的照片时，不要在床上进行，以免照看不周宝贝跌落。随着宝贝的成长，他（她）的活动范围会越来越大，移动速度也会越来越快，但宝贝的自我保护能力还很弱，所以拍摄前切记先清除周围环境的安全隐患，不让宝贝涉险。

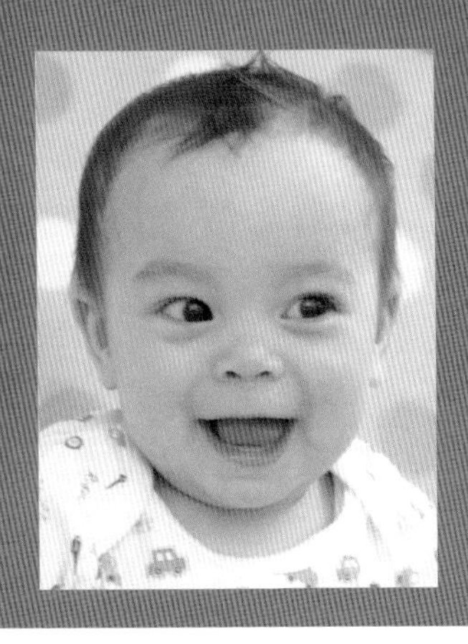

可爱的吃相

转眼间William已经8个月大了，我到他家的时候，他刚刚睡醒正准备吃“饭”，我的拍摄就从这里开始。

厨房的一扇大窗朝北向，光线柔和可是不够明亮，我试拍了一张，看了一下数据：光圈4.0，速度1/60秒，速度有些慢。这是由于光线不足造成的，于是我把ISO感光度调高到200，这样速度就达到1/125秒了。

试拍的这张还暴露出两个问题：一是宝贝一侧脸上的暗影有些重，需要补光；二是拍摄角度略低，使得有些杂乱的背景摄进了画面内。

我把自制的反光板放在了脸部的暗影一侧补光，这样William脸上的光线均匀了。我采取了由上向下俯拍，可以看到William身后的暗色橱柜成为了背景，而橱柜台面上杂乱的物品，在构图时要注意，不要拍入画面。

好了，开饭啦！我开始了全程纪录宝贝吃东西的可爱模样。

转动变焦环，把镜头拉近，就可以把橱柜上的物品“裁切出”画面了。

白平衡	自动
ISO感光度	200
模式	光圈优先（AV挡）
光圈	4.0
速度	1/125

下面这些都是在同一个位置，用相同的数据拍摄的一组照片。由橱柜形成的暗色调背景，使得宝贝生动的神态很突出，就像在专业摄影棚内拍摄的肖像一样。

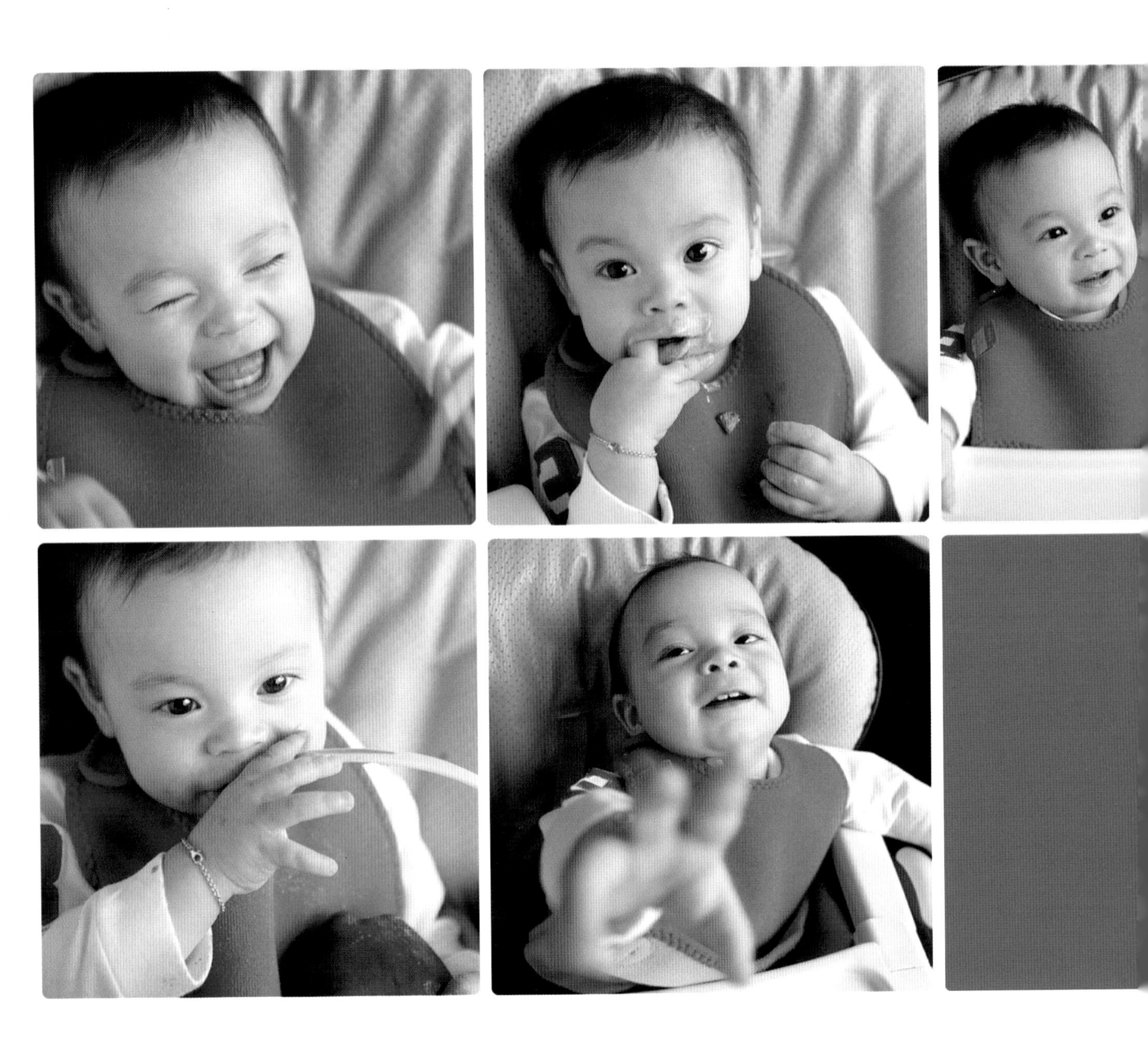

时尚帅哥秀

安娜给儿子准备了很多出席各种场合的漂亮衣衣，接下来我们的小帅哥开始秀一秀了。

在我的身后是一面大落地窗，光线充足均匀，宝贝坐在小床上拍摄光线是最好的，但是背景环境有些杂乱，使得画面乱糟糟，我们就用技巧篇介绍的自建背景幕布的方法（详见第11页）来解决这个问题吧。

我用一块1.5米×3米的硬纸板做成灵活方便的背景墙，只要在上面夹上各种图案各种质地的布料，就可以得到多种风格的漂亮背景啦！需要注意的是，背景幕布应事先熨烫保持平整无褶皱，下垂的一半自然过渡平铺在床上，就像专业影棚的无缝背景一样。

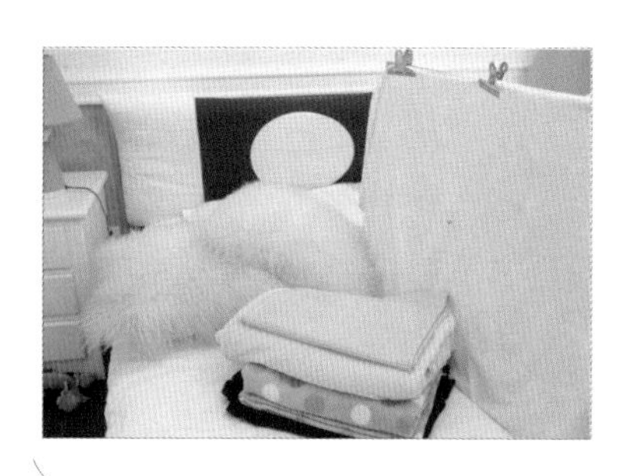

看似平常的布单会营造出让你意想不到的拍摄效果哦！

找到了最适合拍摄的光线和漂亮的布景方法，我们就给宝贝尝试各种色彩的搭配吧。

在室内拍摄时让宝贝直面光源，这是得到理想肖像照片最简便有效的用光方法。

新手父母拍摄时往往会要宝贝面对镜头，其实大可不必，只要宝贝精神饱满就OK。

拍摄时使用了24～70MM的变焦镜头，2.8的光圈在拍摄特写照片时，背景虚化得非常好，更突出了宝贝可爱的表情。

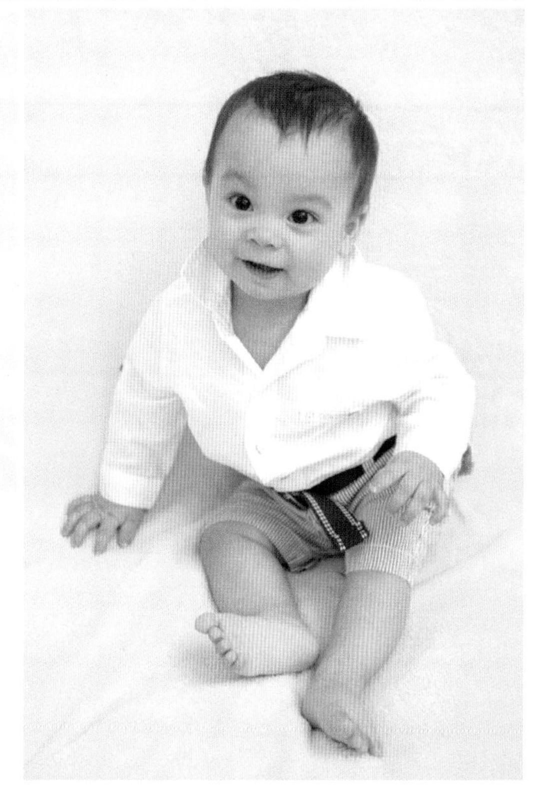

用一块纯色的绒毯做背景，在拍摄时不需要对背景进行虚化，也能得到简洁干净的画面，所以即便使用数码卡片机，也能获得理想的效果。

黑色的绒毯 *VS* 白色的羊毛垫，这两种背景你更喜欢哪一种呢？

看谁爬得快

因为了解爬行对宝贝身心发育的诸多好处，妈妈安娜非常鼓励William练习爬行。现在，小家伙已经满地爬得飞快啦！

为了更好地展现William爬的动作，我先把他的活动区收拾干净，只留下一个他平时最喜欢的玩具——这是吸引宝贝的注意力，保证他不会爬出你的取景框的秘密武器！这招对灵巧的宝贝特别管用，否则，任由他满地爬的话，你的镜头可能追不上他哟！

拍摄爬行的照片，最重要的是拍摄角度和构图的问题。通行的原则是从侧面拍摄可以更好地表现宝贝爬的动作，而简洁的背景会使宝贝成为视线的焦点。

这张照片的背景有点杂乱，而且从正面拍摄的角度没能充分展现出宝贝爬的姿势。

俯拍的角度拍摄宝贝的侧面，这样动作就能很好地表现出来了。在宝贝伸手够玩具的瞬间按下快门，往往能拍到宝贝成功了的喜悦表情哦！

童趣也优雅

William有很多漂亮的正装，这件帅气的白衬衫搭配黑丝绒的手工制作的小马甲，像个小绅士一样。

照片既要表现绅士的优雅，又要不失童趣，拍摄环境的布置很重要。我挑选了客厅的落地窗前作为拍摄地点，一来这里光线充足，二来纱帘垂下的美丽弧线可以使画面富有诗意。两盆粉色的牵牛花放在了窗外，使画面的色彩丰富；地板上铺上白色的软毛垫，可以很好地衬托出宝贝柔嫩的肌肤；玩具小熊放在William身边，童年的感觉一下鲜明了起来，特别是黑色的小熊，与William的服装有很好的呼应。整个画面给人纯美、雅致的感觉。

由于William背对窗户，背景的光线亮，因此我增加了闪光灯补光。在逆光情况下拍摄，一定要有正面的补光，才能得到曝光正确和色彩平衡的画面，

把外置闪光灯的灯头朝向房顶，这样打出的光被反射到宝宝脸上后就柔和均匀了，而且宝宝不会被突然的闪光吓到。

白平衡	自动
ISO感光度	100
模式	程序自动曝光（P挡）
光圈	4.0
速度	1/125

朦胧的花朵、隐约的白栅栏，和清晰的前景相互呼应、相得益彰。要拍出这样层次分明的效果，大光圈的镜头必不可少。

06 好奇的探险家

10~12 个月宝贝拍摄要点

“真累人啊！”你是不是也经常发出这样的感叹呢？！这么大的宝贝不仅坐得更稳、爬得更快，还能自己拉着护栏站起来，甚至能扶着东西走上几步，大有“世界就在我脚下”的英雄气概。当然啦，我们要保护宝贝对这个世界的好奇，尽管他（她）的探索“险象环生”，不过，我们可以用相机记录下他（她）是怎么“折磨”我们的，哼！

1.宝贝对这个世界有太多的未知、太多的好奇，常常为了探索而“奋不顾身”，所以拍摄时一定要注意安全保护啊！

2.宝贝不像以前那么好“逗”了，因为他（她）时常会沉浸在自己的探索活动中，对大人的招呼置若罔闻。这时要有耐心，不要为了拍照而打断宝贝的活动，否则宝贝更不“配合”了。

3.宝贝喜欢和大人一起做游戏，所以陪宝贝玩儿可以把宝贝“控制”在你设定的拍摄范围内，比较容易拍到理想的照片。

4.宝贝的动作更迅疾了，保证充足的光线以提高快门速度是拍出好照片的关键。

奋勇扑救！

应对运动型宝贝

明明10个月了，他是个健康可爱、活力十足的运动型宝贝，在他的身体里仿佛蕴含了无穷的动力。只见他快速地爬来爬去，找到围栏或沙发等能支撑的东西就使劲地站起来走上几步，然后突然扑向他感兴趣的东西！他这些让人心惊肉跳的动作，时常给我吓出一身的冷汗，因此在给他拍摄时，我把重点放在保护他的安全以及应对他的快速动作上。

我先在明明家的阳光会客厅拍摄第一组照片。

明明坐在沙发上玩儿，光线来自于沙发后面的落地窗，因为背对光线，即使用反光板补光，宝贝脸上的光线依然不足。

我赶紧把沙发转了90°，这样来自这面落地窗的光线以及反光板的补光使得宝贝身上的光线均匀明亮。

拍摄时我们时刻注意小家伙的安全，家人一直在旁边保护，看到他有危险动作时就一把抓住他。

虽然光线足够明亮，但是明明的动作实在太快了，他在开心的时候小手不停地挥舞，速度在1/160秒都拍虚了。于是我把感光度提高到200，并开大光圈，使得快门速度足以凝固住动作。

肤色、表情、动作，一切OK！

曝光补偿	0
ISO感光度	200
模式	光圈优先（AV挡）
光圈	2.8
速度	1/320秒

游戏房里的追逐

明明的游戏房里有很多的玩具，他头也不抬地爬来爬去，寻找自己喜欢的东西，对我们的呼唤置若罔闻，简直是把我们忘了，玩了挺长的时间我也没拍到几张成功的照片。

很多家长在给宝贝拍照时也会遇到类似"控制无力"的状况，这时一定要有耐心，毕竟尊重孩子自己的活动安排、保护孩子的良好情绪才是最重要的，也是拍出好照片的前提。

明明的玩具实在太多了，难怪他不停地被另一个玩具吸引，转来转去，让我的镜头逮不着。

好不容易"逮"到了这张照片，背景虽然有点乱，但被大光圈虚化了，所以明明可爱的神态依然很突出——这就是单反相机的魅力所在啊！

曝光补偿	加2/3挡
ISO感光度	200
模式	光圈优先（AV挡）
光圈	3.2
速度	1/250秒

为明明拍摄这组照片时我增加了2/3档曝光补偿，这是因为明明穿着浅色的服装，而且他的肤色也很白。当画面中大面积是浅色时，相机的自动测光会失误，拍出的照片灰暗，人物曝光不足，所以需要增加曝光补偿2/3挡或1挡，才能拍摄出曝光正常的照片。

这组照片的成功之处在于：

1. 宝贝在围栏里，既保证了安全又控制他不能随处爬。

2. 扔球的游戏让宝贝非常开心，可爱的表情自然出现。

3. 宝贝素雅的衣服与色彩鲜艳的海洋球搭配，画面艳丽又不零乱。

4. 游戏房光线充足，再把感光度提高到200，足以获得凝固快速动作的快门速度。

家人把明明抱进了装满海洋球的围栏，这样小家伙可不能随处爬了。我们和明明玩起了扔球的游戏。在球池里他摇摇晃晃、东倒西歪，可是柔软的海洋球很好地保护了他的安全，这样我就能安心拍摄了。我还发现，和大人你来我往地互相扔球是明明所喜爱的游戏，让他乐此不疲，我也就拍到了理想的照片

“我不要睡午觉”

明明最喜欢在户外玩了，正午的太阳也无法阻挡明明外出的脚步。此时正是中午12点左右，强烈的光线并不适合拍摄，但看到明明精神饱满，兴致颇高，我就接受这个挑战吧。

正午拍摄容易遇到的问题：

1.阳光直接从头顶上照射下来，会在脸上留下难看的影子，

2.阳光刺眼，宝贝眯着眼表情不好。

3.明处和暗处的光线反差太大，当人物和背景的光线不一致时，会出现某一方曝光过度或不足的情况。

在自家的小院里，明明奶奶精心栽种的蔷薇花长得很茂盛，为炎炎夏日提供了难得的清凉。此时正值盛花期，满墙的小花散发着清香，让人心旷神怡，所以这面花墙最适合做背景了。

可是由于中午阳光直射，花墙的影子很少，尽管靠近花墙，阳光还是照到了明明身上。

明明被阳光照得皱起眉头，而且相机以人物自动测光，阴凉的背景因曝光不足而黑灰，看不出美丽的蔷薇花景致。

想要还原美丽的色彩，就要使照射在景致与人物身上的光线一致，具体说来就是：**背景光线暗，人物光线也要暗；背景光线亮，人物光线也要亮。**

我注意到，作为背景的花墙并没有被阳光直射，而是处于阴影中，根据背景光线暗时人物光线也要暗的原则，这时宝贝身上的光线暗些就对了。于是我们用反光板遮挡住阳光，人物和背景同在阴影下，光线一致了，绿意盎然的草地，星星点点的蔷薇花，这些真实自然的色彩就展现在照片上了。而且没有刺眼的阳光，宝贝很舒服地展现出了笑容。

曝光补偿	加2/3挡
ISO感光度	100
模式	光圈优先（AV挡）
光圈	2.8
速度	1/320秒

07 “我一周岁啦！”

1 周岁宝贝拍摄要点

宝贝的第一个生日到啦！在这个特别的日子里，当你再次举起相机，有没有发现，你对拍摄技巧的掌握也像当父母一样，经过了一年的摸索、练习，已经从生涩变得自如了呢？！只不过随着宝贝的成长，他（她）的动作、表情不断丰富，各种各样的玩具也不断丰富，到处“开疆拓土”，更需要你多花些心思来收拾、布置出适合拍摄的场景了。

这是晓晓每天游戏的区域，虽然靠近窗户光线很充足，但五颜六色的地垫和随处可见的玩具让画面显得较为凌乱。晓晓被玩具包围，谁才是真正的主角呢？而且杂乱的物品把光线挡住了，晓晓的肤色显得黑糊糊的。

重新布置一下拍摄环境吧：把五颜六色的玩具都收起来，彩色游戏垫也去掉，白色的地面露出来了，来自落地窗的光线通过白色地面、白色墙面，以及白色沙发的反射，形成均匀柔和的散射光，整个环境顿时明亮起来，因此晓晓坐在沙发上面向窗外时，眼睛里有漂亮的眼神光——适合拍出漂亮肖像的地方布置好了，让可爱的女主角尽情地展现吧！相机设定为人像模式，白平衡为自动。

这组照片用光简单，主要得益于家中白色的环境和家具能很好地反光。晓晓的淡绿色衣衣与白色的沙发背景很好地搭配起来，色调清爽——乖巧可爱的小女生很适合这种简洁的照片风格。

情趣亲子照

很多人都认为合影就是大家都面向镜头笑，当然这样的照片必不可少，但是妈妈爸爸与宝贝快乐地玩耍，宝贝亲昵地依偎在父母怀中，这样温馨的画面是宝贝小时候才有的，更是触动我们心灵的美好回忆，更应该记录下来。

全家福“标准相”

拍摄的第一步，还是环境的选择。我选择了阳光充足的落地窗作为背景，在地面上铺上软软的白色羊毛垫，这样宝贝坐着舒服，与整个环境也很和谐。由于人物背对阳光，脸上的光线肯定不足，所以需要补光。我使用了单反相机加外置的闪光灯，将灯头扬起对准白色的房顶，相机设定在P挡，闪光灯设定在自动挡，相机自动测算曝光组合。由房顶反射的闪光照亮了人物，来自窗外的阳光又让背景明亮，照片给人以简洁、清爽、温馨的感觉。

让妈妈爸爸变换了不同的动作组合，为的是能更好地展现晓晓的动作，而且使三人离镜头的距离相同，可以避免拍摄时近大远小的变形效果。

适合拍摄的位置选好了，那么就和宝贝在这里上演每天的开心游戏吧！这时拍摄的重点在于尝试不同的拍摄角度和构图，看看下面这幸福的一家子，你更喜欢哪种组合呢？

在地面铺上毯子后，妈妈爸爸带晓晓舒服地躺着玩儿，我站在凳子上，拍下了一家人亲密相依的照片。

晓晓非常小心地学习独自站立，爸爸无微不至地保护着她，这个生活中温馨的画面，要比人物冲着镜头笑的照片更有意义吧！

这组照片中爸爸并未露面，可是晓晓在爸爸脚边安心快乐的模样，也让人感受到了浓浓的亲情。

小贴士

亲子照拍摄要点

1. 亲子照中人物多，因此更要选择简洁的环境和背景，注意不要出现横七竖八的柜子边角、门框镜框等干扰画面的背景。
2. 爸爸妈妈的着装要与宝贝的相搭配，选择同色系的服装可使画面色彩和谐。
3. 拍摄时人物的位置很重要，注意每个人的脸都不要被遮挡，最好能在一个水平线上面对相机。

蹒跚学步

蹒跚学步是周岁宝贝的重要日程安排，要拍到宝贝成功迈步的"英姿"而不是摔倒哭泣的样子，就必须在做好保护的同时，选择合适的拍摄角度并大胆构图来突出主题了。

爸爸妈妈拉着宝贝的手练习走路，这是最常见的画面啦。可是照片中宝贝太小，所以宝贝的动作不明显，表情更看不清了。

调整焦距，尽量放大人物（或者摄影者靠近些），使宝贝充满画面，这样既可以看到宝贝学步快乐的样子，又能感受到父母的舔犊情深。

这张宝贝练习走路的照片，我站在爸爸的身后，因为角度的关系不能很清楚地展现练走路的全景画面。

我换了角度，人物与画面平行，爸爸妈妈保护宝贝的神态以及宝贝那小心翼翼的样子很好地展现出来了。

为了更突出主题，我趴在地上将“步”作为拍摄对象。这种独特的视角以及大胆的构图，使画面有了更多的情趣。

小贴士

构图

构图是表现作品内容的重要手段。要把人或景物安排在画面当中以获得最佳的布局，就要舍弃那些一般的、繁琐的、次要的东西，使照片比现实生活更集中、更强烈地表达主题，以增强艺术效果。经常分析自己和别人作品的构图，就能很快提高自己的构图水平了。

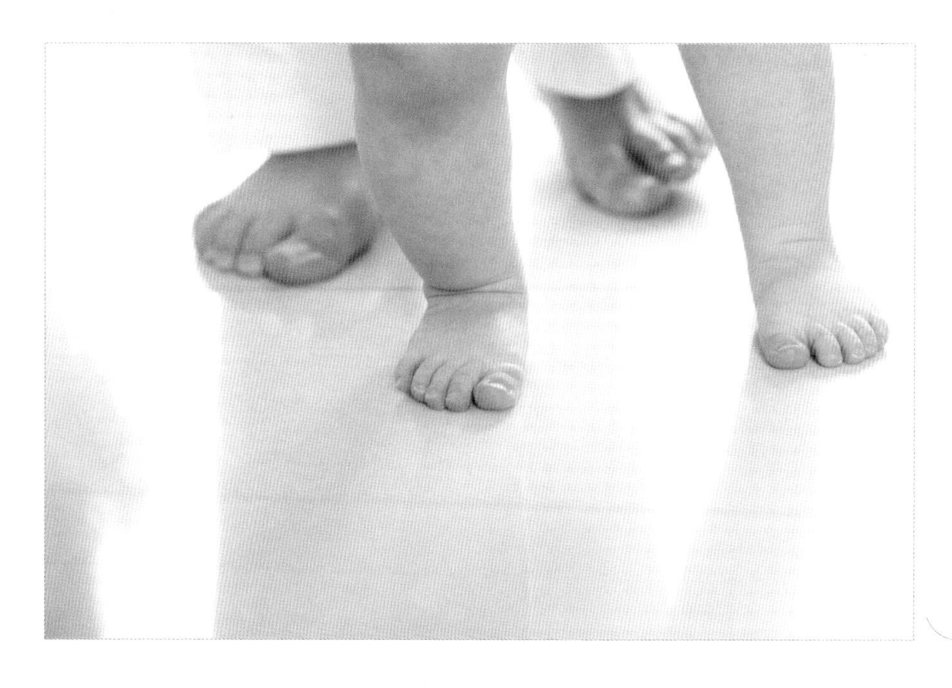

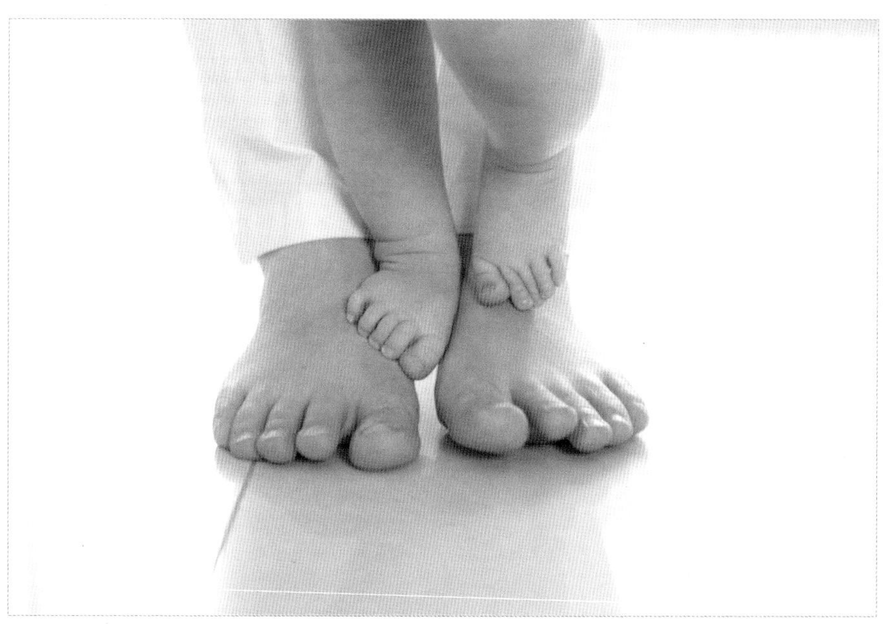

宝贝肉肉的小脚、稚嫩的步态，和爸爸站得稳稳的大脚形成对比，是不是很有趣？！

第一个生日party

宝贝的周岁生日，意义非同寻常，让我们办一个热闹喜庆的生日party吧。这样一个具有仪式感的聚会，现场的布置可不能马虎。特别是要使拍出来的照片漂亮，就要做到场景装饰高低错落有层次，而且主角着装与环境的色调要协调。

来看看布置晓晓生日party的实战过程吧：在场地的背景墙面挂上happy birthday的文字拉条、三角旗和气球，注意挂的高度要考虑到宝贝的身高，太高了拍摄不到画面内，太低了又会被人物的身体挡住。在前景的小桌上，放上生日蛋糕、小水果和宝贝爱吃的小饼干，注意东西不要过大、过多，以免挡住人物的脸部，点缀几种就能很好地丰富画面。

前景和背景高低错开，才能让画面丰富从而表现热闹的氛围。

背景的高度以刚超过人物的头顶为宜。

这样的场合很容易布置得花哨和凌乱，因此统一色调是非常重要的。你看整个场景以粉紫色调为主，宝贝的礼服和家人的服装也都在这个色系中，因此拍摄的画面既富于层次又不凌乱。

周岁宝贝可不只是戴上生日帽那么简单，所以我不仅要拍摄到晓晓可爱的笑容，也要拍摄到她很多的“本领”。例如会独自站立，会热烈鼓掌表示欢迎，会伸手示意“我1岁了”等。

白平衡	自动
ISO感光度	100
模式	程序自动曝光（P挡）
光圈	4.0
速度	1/160

Strawberry
Shortcake
Strawberry
Shortcake

“抓周”节目

“抓周”，顾名思义，就是宝贝满周岁时举行的一种预测前途的传统仪式。晓晓妈妈为这个特别的节目已经做好了准备。

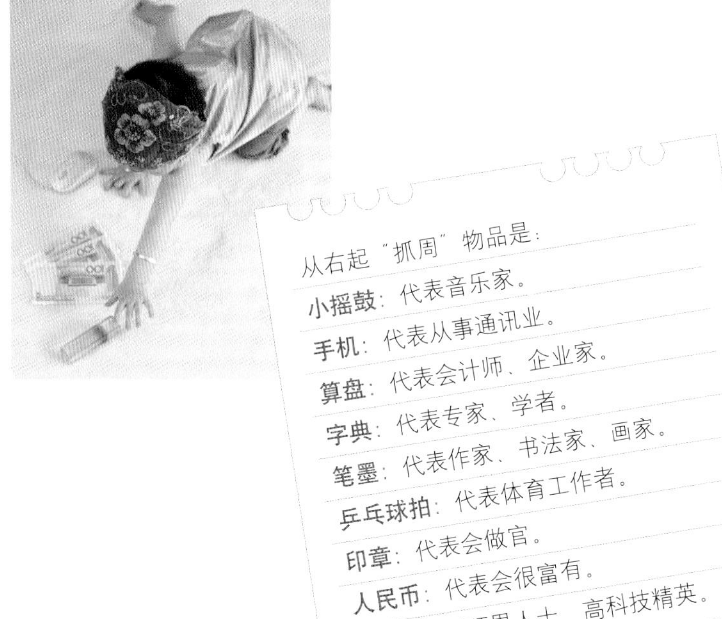

从右起“抓周”物品是：

小摇鼓：代表音乐家。

手机：代表从事通讯业。

算盘：代表会计师、企业家。

字典：代表专家、学者。

笔墨：代表作家、书法家、画家。

乒乓球拍：代表体育工作者。

印章：代表会做官。

人民币：代表会很富有。

鼠标：代表IT界人士、高科技精英。

“抓周”物品五花八门，各式各样，一般选择大小适中的物品，以便宝贝抓握。把这些物品围成一圈，这样画面紧凑，也便于宝贝选择。

首先，我们来布置环境。在客厅的地面上铺上鲜艳的纯色毯子，这样画面不凌乱，还能凸显“抓周”物品。

接着，我们来打扮宝贝。既然是传统的仪式，晓晓的服装当然要选中式风格的了，再配上银铃手镯、漂亮的绣花头巾，这个周岁宝贝更显喜庆了。

一切准备停当，节目开始了！我站在高处向下俯拍“抓周”的场景，这样能更清楚地展现宝贝“抓周”的过程。

在晓晓伸手抓取物品的刹那，我按下了快门。需要注意的是，宝贝抓到物品时，周围的亲友会不由自主地欢呼起来，这样往往会吓到宝贝，所以要注意“控制音量”哦！

晓晓“抓周”时的中式造型非常可爱，为了更好地体现喜气洋洋的氛围，我们用晓晓姥姥做的大红鸳鸯图案的棉被铺在沙发上做背景，虽然被子不大，可是拍晓晓的半身像绰绰有余了。所在的沙发是家中非常适合拍肖像的地方（见上面文章），我们来秀一下吧，多么可爱的中国娃娃呀！

08 百变宝贝速战实例（1~2岁）

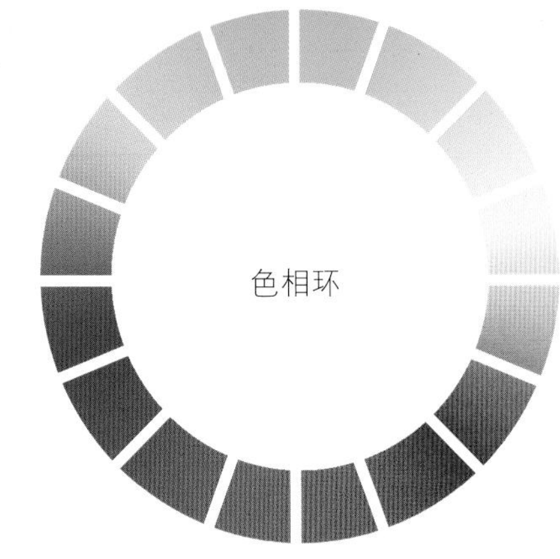

根据我多年给宝贝们拍照的经验，我发现1～2岁的宝贝似乎意识到了自己在拍摄过程中的主角地位，开始很“配合”地来玩拍摄这个“游戏”，对我们的“折腾”欣然接受。就让我们利用这个契机来打造百变宝贝吧！

米米就是这样一个乖巧可爱的小姑娘，我们在她情绪最好的一个多小时里来了一次百变速拍，看看这个好玩的过程吧，你可以从中获得些宝贝着装和背景选择的灵感哦！不过在实战之前，我们还是先来熟悉一下与色彩搭配（包括服装的搭配和背景与人物着装的搭配）有关的色相环吧。

宝贝的服装在与背景搭配时，从背景中取色是最简单也最容易成功的一种方法。

居家

客厅沙发雅致的花朵图案是理想的背景，为了使画面协调统一，我们给米米换上了橘色的连身服。

热情

把浅黄色浴衣铺在椅子上做背景，根据暖色色彩搭配原则，给米米戴上橙色的帽子和集合色围巾，衬托出米米热情的笑脸，这时最适合拍摄特写照片。

小贴士

暖色色彩搭配

暖色色彩搭配是指使用红色、橙色、黄色等色彩的搭配。这种色调的运用表现了和谐和热情的氛围。

服装色彩艳丽，背景最好是素色，尤其是特写照片，不要让复杂的背景色分散了人们对宝贝的关注。

找到了合适的拍摄地点，在相对固定的位置一气连拍下来，必定会捕捉到宝贝有趣的表情。

高雅

换上蓝色的浴衣做背景，米米也换上了同样属于冷色系的墨绿色连衣裙。采用冷色色彩搭配可为照片营造出宁静、清凉和高雅的氛围。

给米米选择红色的发箍，因为红色是衣服上的主要配色，所以这样装扮更具整体感，而且，也是运用了对比色搭配的原则。

小贴士

对比色搭配

色相环上相距60°至180°范围内的各色称为对比色。一般来说，色彩的三原色（红、黄、蓝）最能体现色彩间的差异。色彩的对比具有视觉诱惑力，通过合理使用对比色，能够使照片特色鲜明、重点突出。通常以一种颜色为主色调，其对比色作为点缀，以起到画龙点睛的作用。

可爱

这组造型的灵感来自于这个小兔耳朵的发箍。米米很喜欢这个兔耳朵，看见有人戴着它就咯咯地笑。为了能跟兔耳朵搭配上，我们翻箱倒柜找了很多衣服都不满意，这时我突然发现了家中一块棉布小方巾，根据邻近色搭配原则，就是它啦！

我把小方巾围在米米的身上，用小夹子在身后固定好，可爱的肉乎乎的小兔子登场了。拍摄背景嘛，就选中了家中的一大棵绿植——情景剧开演啦！

小贴士

邻近色搭配

色相环上相距60°范围之内的各色成为邻近色，采用邻近色搭配，可避免画面色彩杂乱，易于达到和谐统一的效果。

红色的衣衣在绿叶和小草的映衬下，显得分外的靓丽。因为画面中的主色调互为补色，所以非常引人注目。

靓丽

家中的游戏已不能拴住宝贝的心了，小家伙已着急去外面玩，我们也随她一起去享受上午的户外时光。在一片葱绿之中，让我们的米米成为那朵最鲜艳的“小红花”吧。

小贴士

补色搭配

两种色彩在色相环上相距180°时，这两种颜色就互为补色，如红—绿、黄—紫、橙—蓝就是补色。互为补色的颜色出现时，它们各自的色彩都在视觉上加强了艳度，比如红色显得更红，绿色显得更绿。这种色彩搭配可以突出重点，给人强烈的视觉冲击力。

花团锦簇的画面中，妈妈小碎花的浅色上装和米米条纹的浅色小裙子，特别有度假时的悠然感觉。

田园

在小区的一个不起眼的墙角，五月的蔷薇花挂满枝头。粉色的花朵和嫩绿的枝叶显得春意盎然，非常适合做拍摄背景，可是蔷薇花的位置太高了，如果给宝贝拍摄，根本就拍不到花朵，那我们就拍亲子照吧，妈妈爸爸抱着宝贝的位置刚刚好。

拍摄的位置有棵大树，花枝与人物都处于树荫下，反光板反射的光略微提亮了人物。背景与人物处于同样的光线下，因此照片的色彩饱满。

09 户外创意摄影（2~3岁）

家中有再多的玩具，也满足不了2～3岁的宝贝啦！他们更喜欢走出家门融入自然。这时候给宝贝拍照，不仅要灵活运用前面所讲到的拍摄技巧来应对更加复杂的户外环境，更考验爸爸妈妈关于美的眼光和创意哦！

宽宽是妈妈最爱的粉色小可爱。

可爱粉色系

宽宽两岁时已经善解人意，与大家玩的时候会模仿小猪猪噘嘴，小兔子蹦蹦跳跳，在打扮她时也不像小时候那样完全拒绝，商量商量是可以戴上小方巾、小帽子这些可爱小装饰品的，我们就来打造一个粉色小甜甜吧。

白平衡	自动
ISO感光度	100
模式	AV光圈优先
光圈	4.0
速度	1/200

造型特点：粉色的圆领T恤、沙滩鞋，压舌帽，粉紫色的笑脸小包包，黑色字母小方巾斜扎在领口，与黑色七分裤相互呼应，整体搭配既舒服又时尚。

用光特点：天气晴朗，我选择在社区里一面爬满藤萝的围墙边拍摄。宽宽站在树荫里很凉爽（晴天在树荫下拍摄是最好的选择），她身后的绿叶被阳光照亮，在她的正面用反光板来补光，宽宽脸上的光线均匀而明亮。

时尚炫彩系

现代的城市宝贝活动多多，怎么离得了小车相送呢？和这个不辞劳苦带她出游的“伙伴”来一次亲密接触吧。

造型特点：暗蓝色底白点的方领棉质连衣裙，搭配了蓝紫色蝴蝶结的发卡，很淑女的装扮。可是深暗色调的衣衣在户外拍摄时会有些压抑的感觉，那我们就来玩一把炫彩时尚吧。在小区的停车场里，我选中一辆大红色的汽车做炫彩背景；为了使画面层次更丰富，我又让助手拿着一个五彩的风车做点缀。时尚、绚丽的画面传递出快乐的情绪。

用光特点：这个停车场被一栋高楼挡住了阳光，在晴天拍摄时选在建筑物大片的阴影下进行是最简单的用光方法，一来宝贝不会被刺眼的阳光影响表情，二来保证了拍摄背景与人物的光线一致。

白平衡	自动
ISO感光度	100
模式	AV光圈优先
光圈	2.8
速度	1/320

帅气唯美系

繁花盛开的五月，小区里各式各样的鲜花竞相开放，花香四溢，拍摄时怎能错过这天然美景？不要以为只有女孩才适合与花合影，小帅哥在花的映衬下也能创作出唯美的影像。

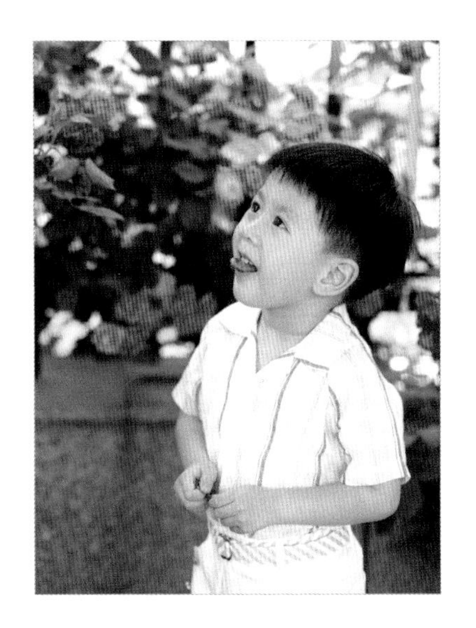

浓艳的花朵衬托出了虎虎纯净清澈的眼神。

造型特点：白底浅色条纹衬衫，白色休闲短裤，再系上白底蓝条腰带，虎虎宝贝真是又斯文又帅气！这身淡雅的服装既有度假般闲适的感觉，又能保证宝贝成为花团锦簇中的亮点。

用光特点：这是一个阳光明媚的午后，拍摄的位置有树荫遮挡，没有刺眼的直射光，而不远处的路面的反射光使得虎虎的脸上光线很均匀，连反光板都省了。但是在铁艺围栏后面的背景却在阳光直射之下，如果要遵循“背景光线亮，人物光线也要亮”的用光原则，这种光线就不适合拍摄。可是，在这组图片中，背景在强光照射下亮白一片，正好勾勒出了铁艺围栏美丽的图案，加上围栏的周围有繁花烘托，人物光线暗而背景光线亮竟拍摄出了很唯美的效果。所以，任何技巧的使用都需要灵活掌握哦。

白平衡	自动
ISO感光度	100
模式	AV光圈优先
光圈	4.0
速度	1/320秒

工具完善篇

“工欲善其事，必先利其器。”适合的摄影器材和图像处理软件是获得精彩照片的好帮手。市面上相关的工具琳琅满目，我根据宝贝拍摄的特点和需要，在此给新手父母们推荐几款实用又易于掌握的入门级工具。

01 摄影器材

要在通常的环境下给宝贝拍出好照片，相机、闪光灯和反光板是必不可少的摄影器材。下面我就介绍一下这些常用器材的特点，朋友们可以根据自己的需要来选择。

数码卡片相机的优缺点

数码卡片机指体积小巧、重量轻的全自动数码相机。

优点：

1. 小巧轻便，易于携带。
2. 可做简易摄像机用。
3. 操作简单，易于上手。

缺点：

1. 数码卡片机是通过背面液晶监视器进行观察后拍摄，所拍摄到的画面在按下快门按钮后需要转换成电子信号，所以会产生快门时滞问题，孩子变化很快的表情和动作很难捕捉到。

2. 卡片机用于接受光线、进行成像的图像感应器面积小，因此背景虚化效果差。

3. 卡片机的图像感应器面积小，与同样像素的单反相机相比，在噪点控制上差距很大。

在光线充足、宝贝安静的情况下，数码卡片机也能拍出不错的效果。

扬长避短用好数码卡片机

由于数码卡片机不能虚化背景，因此在复杂的环境里拍到的画面难免杂乱，而且缺乏层次感。那么选择简洁纯净的背景来拍摄，就可避免卡片机的这一主要弱点了。

比较右下两张在同一角度用不同相机拍摄的照片，可以看到数码卡片机拍摄简洁背景的照片时并不逊色于数码单反相机。

由于卡片机的图像感应器面积较小，在光线不足时会出现噪点损失品质。换一个角度来说，也就是在光线充足的情况下，卡片机也能呈现不错的画质哦！

用数码卡片机拍摄到的前景和背景几乎一样清晰，窗边的绿植甚至窗外的汽车都看得很清楚，这样主题就不突出了。

500万像素的数码卡片机拍摄

数码单反配85MM镜头拍摄
光圈：2.8
速度：1/160秒

总而言之，卡片机适合在明亮的环境下拍摄背景简洁的静物或安静的肖像，在外出旅游时用轻便的卡片机拍照留念也是不错的选择，但要留住宝贝丰富的表情和动作，同时追求细腻的画质的话，就要选择单反相机了。

数码单反相机的优缺点

简单地说，单反相机就是单镜头反光相机，它通过同一镜头进行取景、拍摄，基本没有视差，而且可以更换不同焦距的镜头。

优点：

1. 拍摄时对焦迅速，按下快门的同时就曝光，没有快门时滞问题。和卡片相机相比，单反相机占有绝对性的速度优势，这点对拍摄好动的小宝贝非常重要！

2. 无论采用的是CCD还是CMOS，数码单反相机的图像感应器尺寸都远远超过了数码卡片相机。感应器内的单一像素所接收到的光量会成比例增加，所以成像噪点相应减少，简而言之就是数码单反相机的成像品质好。

3. 可根据拍摄的要求选配不同的镜头，比如广角镜头、长焦镜头等等，可拍摄题材广泛的作品。

小贴士

各种焦段的镜头介绍

焦距	镜头类型	备注
小于20mm	超广角	适合拍摄建筑与风光，尤其是大场面的风景，如草原、沙漠、大海。
20–35mm	广角	适合拍摄自然风光、人文风景，尤其适合旅行拍摄。
35–135mm	中焦镜头	适合拍摄人像。这个焦段里的85mm、50mm都是拍摄人像的最佳焦段。
135–300mm	长焦	适合拍摄人物特写、拍摄远处的舞台等等。
大于300mm	超长焦	适合拍摄体育运动、野生动物等远摄题材。

这些是站在同一位置使用不同的镜头拍摄到的画面，比比看，你更喜欢哪种效果？

24MM镜头 光圈：2.8 速度：1/200秒

50MM镜头 光圈：2.8 速度：1/200秒

85MM镜头 光圈：2.8 速度：1/160秒

100MM镜头 光圈：2.8 速度：1/160秒

使用50MM镜头 光圈：2.8 速度：1/200秒

数码卡片机即使开大光圈，所能获得的虚化效果也只能达到这种程度了
光圈：2.8 速度：1/200秒

85MM镜头拍摄的特写照片

24MM镜头拍摄的全景照片

数码单反相机的图像感应器面积大，如果再配置中长焦段的镜头，能够很好地虚化背景来突出拍摄主题。

缺点：

1. 单反相机体积大，比较笨重，携带不方便，有些女性在使用时不堪其苦，端不稳相机也会影响照片的品质。

2. 操作略显复杂，需要有耐心去学习各种相关知识。当然，单反相机很容易拍出好照片，这是激励自己学习的最大推动力。

3. 单反相机价格相对较高，而且为了拍摄出喜爱的效果，很多摄影发烧友会不断地添置镜头和配件，使用成本过高。

各品牌的数码单反相机都基本分为全画幅数码单反和APS画幅数码单反两种。

全画幅数码单反指的是数码单反的图像感应器的大小与传统135胶片相同（36mm×24mm）。

Nikon D3	Canon 5DmarkII2

非全幅数码单反的图像感应器则比传统135胶片小（约22mm×15mm），称为APS画幅数码单反。

Nikon D5000	Canon 450D

全幅数码单反有两大好处：

其一，由于全画幅数码单反的图像感应器尺寸大，即在同等像素下感光像素面积大，有更好的感光性能，表现为更少的噪点，更宽广的动态范围等等。

其二，全画幅数码单反的镜头没有焦距转换系数。一支24～70mm的镜头，在全画幅数码单反上使用时，焦距仍然是24～70mm，涵盖广角和中焦；而如果在APS画幅数码单反上使用，就需要乘1.6的转换倍率，焦距就变成了38～112mm。

要是买单反的目的就是给孩子拍照片，不想投入太多置办器材，那么可以先买一个入门级别APS画幅的数码单反，用熟练以后，还想在摄影方面有所发展时再升级到全画幅相机。需要注意的是，在购买相机之前要了解各品牌的特点，因为单反相机会更换镜头，而镜头不能使用在其他品牌的机身上，所以为了已有的机身或镜头能通用，一旦选中了某一个品牌，就得“从一而终”。

适合给宝贝拍照的镜头配置

和数码相机不同，镜头不会贬值，而且，就我个人经验而言，买一个好的镜头比买贵的机身更能提升影像品质，所以购买器材时在镜头上投入多些是非常划算的。

那么单反相机配置什么样的镜头更适合为孩子拍摄呢？对于刚刚怀孕的准父母，以及宝贝很小的家庭，我建议你们选择大光圈镜头配置在单反机身上，因为宝贝比较小的时候要特别注意保护他（她）的眼睛，尽量不要使用闪光灯，而且小宝贝经常在家中拍摄，光线都比较暗，这样就需要进光量比较多的大光圈镜头了。大光圈镜头有非常优异的成像品质，比如24～70mm f/2.8L，85mm f/1.8这些镜头都有非常棒的品质。对于孩子比较大了，外出游玩拍摄的机会很多的家庭，我建议您买大光圈的中长焦段的变焦头，比如70～200mm f/4L这样的镜头很实用，很适合略远的距离抓拍。

定焦镜头：

定焦镜头是一种构造简单、焦距固定不可变的镜头。

定焦镜头的好处是对焦速度快，对焦准确，画面细腻，成像品质非常棒，而且因为拥有大光圈，所以适合在弱光环境或在不能使用闪光灯的场所进行拍摄。

定焦镜头的缺点是牺牲了构图的灵活性，用定焦头拍照片，人物在照片上的成像大小是不能手动改变的，如果需要改变构图，摄影者就需要跑前或退后，操作较麻烦。

50mm/1.8的定焦镜头 700元左右

在APS画幅相机上拍摄人像，50mm焦段是最合适的，拍摄距离正好，出来的人像既不变形也不平板。成像素质令人满意，是一款性价比很高的镜头，值得拥有。

85mm /1.8的定焦镜头 3000元左右

在全画幅相机上拍摄人像，这个焦段比较合适，拍摄宝贝时不用离开很远的距离，能让我们与宝贝很好地交流。大光圈浅景深，能带来很出色的背景虚化效果。

变焦镜头:

变焦镜头指在一定范围内可变换焦距，从而得到不同宽度的视场角的镜头。

变焦镜头的好处是通过推拉或旋转镜头的变焦环来变换镜头焦距，从而实现构图的多样化，一只变焦镜头实现了多只定焦镜头的功能。

变焦镜头缺点是镜头结构较复杂，分量较重，非名牌的变焦镜头成像质量不如定焦镜头。名厂的专业级变焦镜头因制造难度大，因而价格高昂。

24～70mm f/2.8的变焦镜头，1万元左右

拍摄人像成像非常漂亮，背景虚化好，大光圈很实用，拍风景也很完美，佳能原厂镜头更是能达到顶级变焦镜头的所有水准，拿在手中信心大增，非常可靠，是出好片的保证。不足就是镜头较重，需要很好的体能。

70～200mm f/4的变焦镜头，6000元左右

成像质量不错，它有不错的焦外成像（除焦点外，整个画面都是扩散的、模糊的，边缘没有残留部分，这是最好的焦外成像）；这种镜头能提供极浅的景深以突出孩子的面孔。在室内拍摄时需要环境较大，狭小的空间不适合，更适合拍摄外景照片。

外置闪光灯

外置闪光灯（2000元左右）是轻便实用的补光工具，具有携带方便、亮度高、色温稳定等特点，而且外置闪光灯灯头的照射角度可以调整，为营造不同的光照效果创造了便利的条件。

外置闪光灯最好选择与相机同品牌的闪光灯，如果使用了不相匹配的产品，不仅会使照相机的闪光功能大打折扣，有些甚至无法使用。

对于初学者来说，使用TTL自动闪光模式就能获得理想的效果。TTL自动闪光是一种准确性较高的自动闪光功能，它的光敏元件在照相机的机身内部，在快门开启的瞬间测量通过镜头到达图像感应器的反光，并以此来自动提供相对应的闪光强度。

在选购闪光灯时会遇到“闪光指数”的问题。闪光指数就是闪光灯发光强度的量值，灯位到被摄体的距离（M）×正确曝光的光圈值（F）＝该灯的指数（GN）。一般闪光指数是按ISO100感光度、50mm焦距计算，如GN24指数的闪光灯配合50mm镜头拍摄3米处物体，光圈则应设为F8（24÷3＝8）。一般指数越大，闪光灯的功率也就越大，照射的距离也就越远。但是为宝贝们拍摄，闪光指数在GN40左右的闪光灯便足够用了。

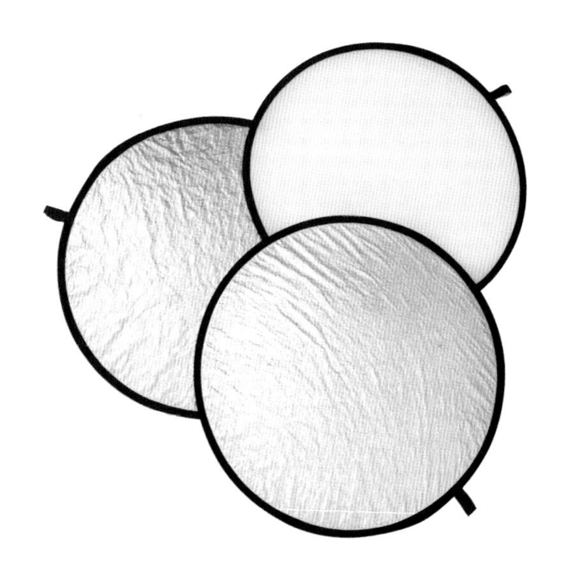

反光板

反光板（100～200元）是很实用的补光工具，常见的有白色、银色和金色三种颜色。金色反光板提供暖色的反射光，能让被摄者的肤色显得更加红润；银色反光板反射的光线颜色正常，但略显强烈；纯白反光板反射的光线较柔和。拍摄成人常选择长椭圆形的大反光板，而为宝贝拍摄就要考虑灵活性和便携性，所以我常用直径1米的圆形的银白双面反光板。

02 图像处理

随着数码影像技术的发展普及，人们对图片的处理和美化也有了更多的需求，下面就给大家推荐一个高速、实用、易于上手的图像处理软件——“光影魔术手”（nEO iMAGING）。

“光影魔术手”是一个对数码照片画质进行改善及效果处理的软件，不需要任何专业的图像技术，点击鼠标就可以轻松得到专业胶片摄影的色彩效果，制作精美相框、艺术照等，而且完全免费，是摄影作品后期处理、图片快速美容、数码照片冲印整理时必备的图像处理软件。

从“光影魔术手”官方论坛http://bbs.neoimaging.cn下载并安装“光影魔术手”软件后，点击它既呈现出这个工作界面。

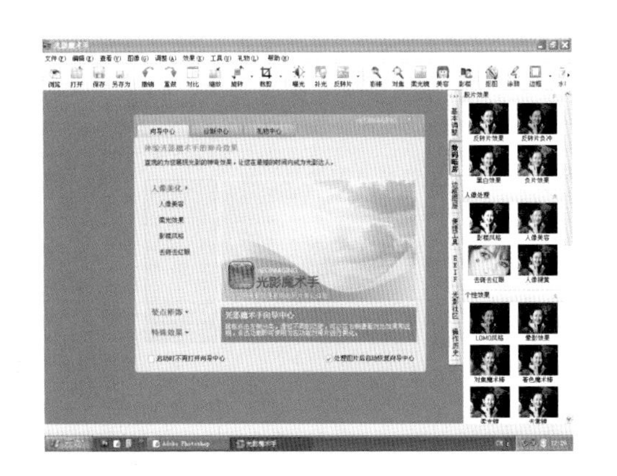

通过工具栏的“打开”选择要处理的照片，就可以对它进行各种调整或者进行艺术创作了。这里主要介绍如何运用“光影”解决照片的一些常见问题。

补救曝光不正常的照片

初学摄影者由于光线的运用还不熟练，经常会拍摄到灰暗的照片，不过用下面的方法是可以补救的！

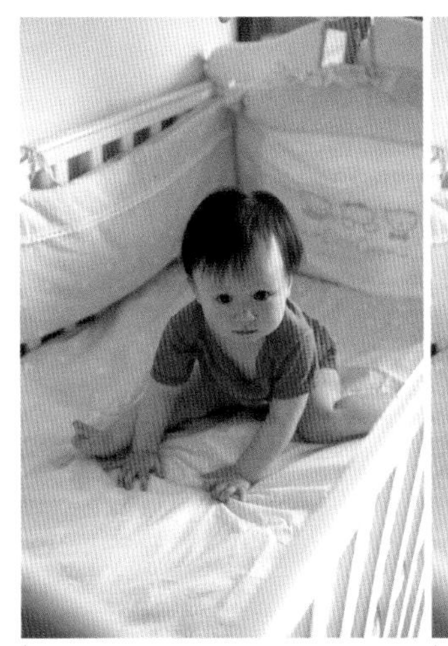

调整前

调整后

在“光影”中打开要调整的照片，在右侧“基本调整”栏中选择“数码补光”，

“光影魔术手”会根据照片的情况自动补光，如果满意自动补光的效果，就可直接点“确定”按钮；如不满意，可以调整弹出窗口的补光亮度滑块，直到自己觉得满意时点“确定”按钮即可。在操作过程中，也可以随时单击工具栏中的“撤销”，撤销刚才的操作。

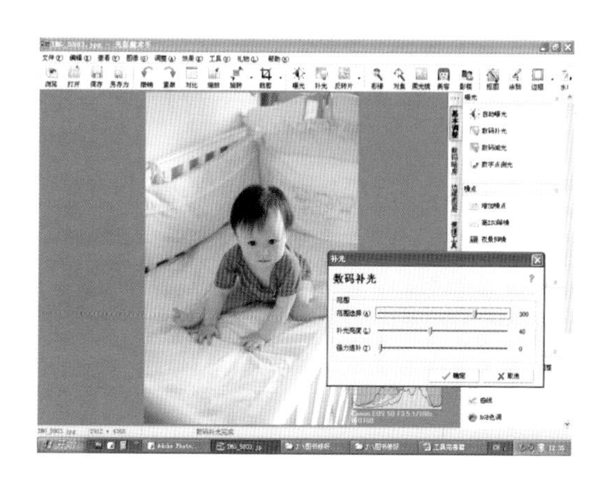

调整好后可点击工具栏中的“对比”，可看到原图和补光后的照片对比，确认调整好后就可存储文件了。点击“保存”将调整好的文件直接替代原文件，也可点击“另存为”保存为一个新文件。

当然，对曝光过度的照片（照片太亮），只要选择“数码减光”就能调整好。

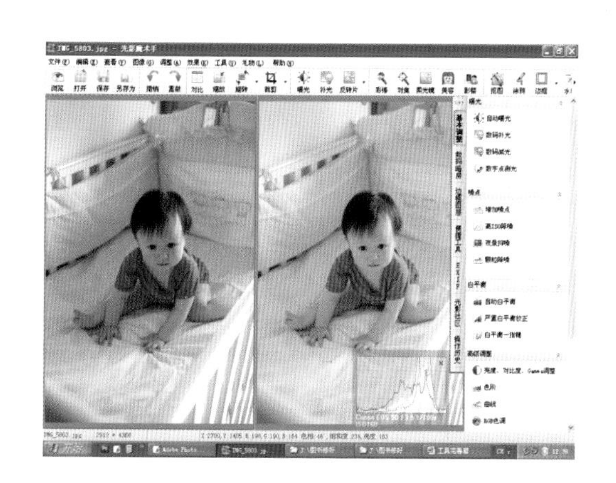

裁剪获得理想构图

有时为了抓拍宝贝的表情或动作，在构图时难免有考虑不周的地方，这时就需要“裁剪”功能的帮助了。

调整前

调整后

打开需裁剪的图片之后，单击工具栏中的“裁剪”图标，即可打开“裁剪”对话框。点选“自由裁剪”后用鼠标在照片上拉出裁剪区域，可移动鼠标调整裁剪区域的大小和位置，直到满意后点 “确定”，照片裁剪完成。

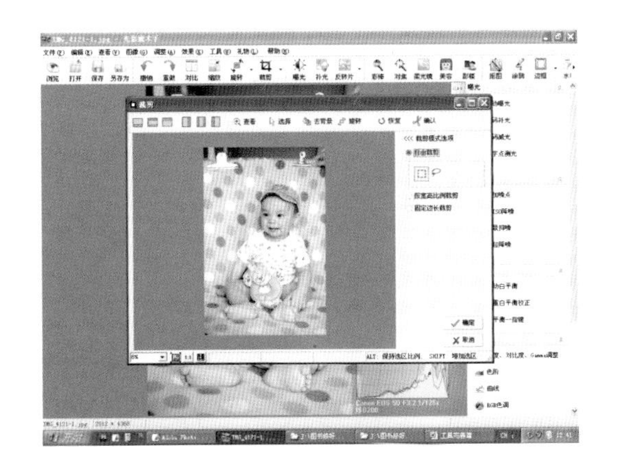

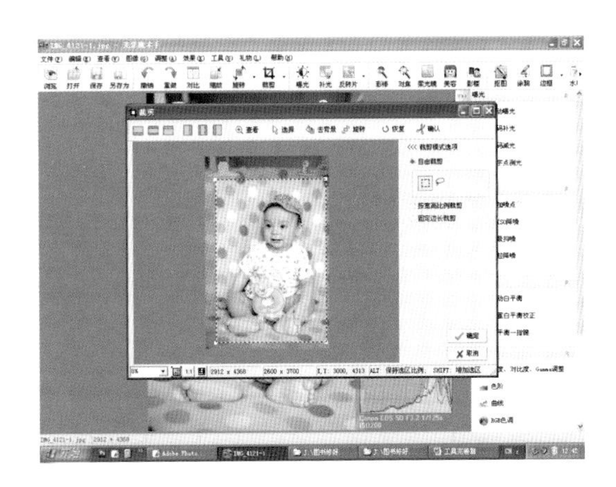

很多朋友要到冲印公司冲洗照片，也要先裁剪照片。例如想把这张照片洗印一张6寸的特写照片，即可先依照上述步骤，选取头像为裁剪区域，然后点开“裁剪”旁的▼，从“比例裁剪”下拉框中选择“按6寸/4R比例裁剪”。

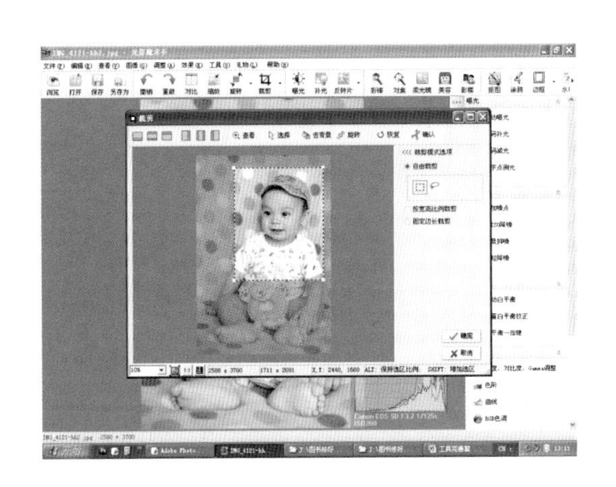

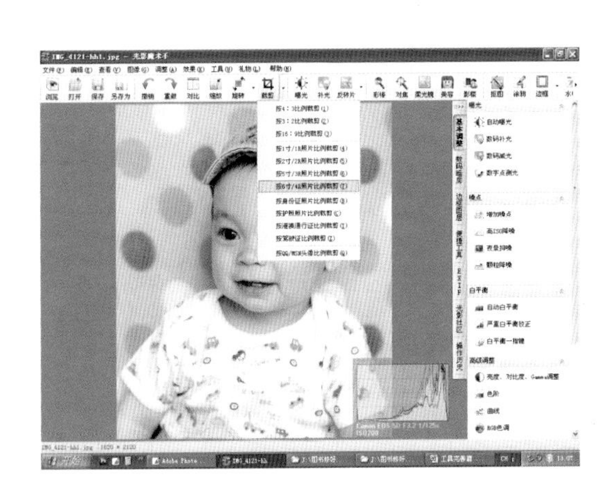

点击 “确定”后，即裁好一张6寸的特写照片，确认后另存文件即可。

修正照片的颜色

照片颜色不正常经常是由于所选的白平衡与当时的拍摄环境不相配造成的，在"光影"中调整白平衡可以达到修正照片颜色的目的。

调整前

调整后

打开右侧工具栏中的“基本调整”板块，点击“自动白平衡”，软件会自动修正照片的颜色。

点击“对比”观看调整前后的效果，满意后点击“保存”。

如果对自动白平衡的效果还不满意，可以选择“严重白平衡校正”或“白平衡一指键”。其中“白平衡一指键”中的“RGB校正”可以人工校正白平衡，而且可以当时看到和原图的对比效果。

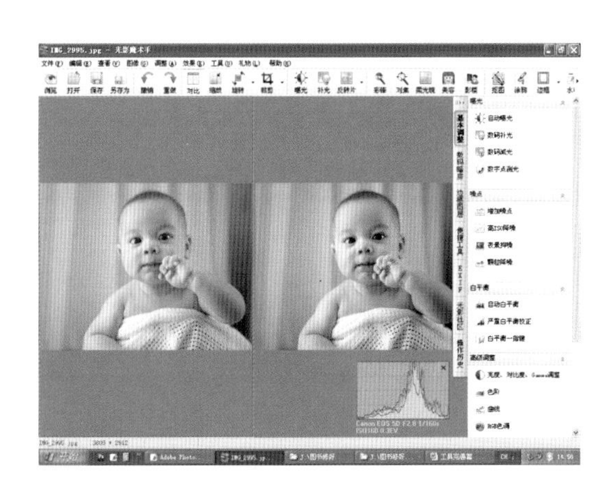

虚化杂乱的背景

如果杂乱的背景无法避免，又没有可以虚化背景的大光圈镜头，那么“光影”中的“对焦魔术棒”或多或少可以弥补这些缺憾，达到事后虚化背景的效果。

调整前

调整后

打开要调整的照片，点击右侧工具栏中的“数码暗房”，选择“对焦魔术棒”。当窗口刚打开时，照片被整体模糊，这时可以先移动“对焦半径”和“背景虚化程度”滑块来调整对焦的精确度和虚化的效果，然后移动鼠标（绿色圆环）到人像或需要恢复原图清晰度的区域，点击鼠标即可获得背景虚化人物清晰的照片。调整理想后，点击“确定”后保存。

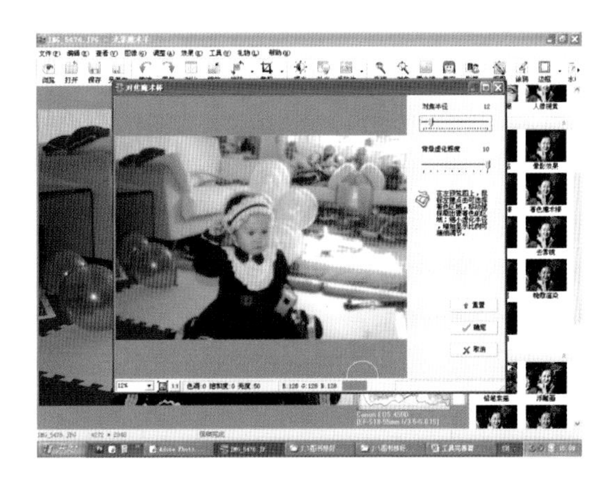

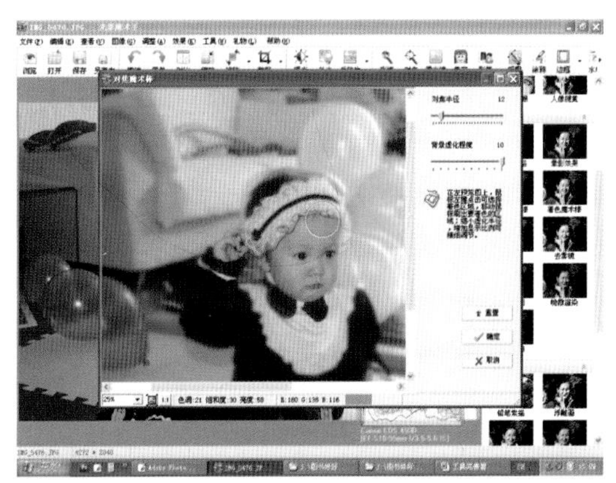

最后通过裁剪照片使宝贝突出，从而挽救了一张不理想的照片。

制作特殊的效果

在“光影”中，有很多对图像进行艺术加工的功能，比如在右侧栏中的“数码暗房”就有几十种风格独特的效果，通过不同的排列组合，又可以做出更多的有趣的特效照片。

打开照片，单击“数码暗房”中的“LOMO风格”，弹出窗口后通过拉动滑块来调整色调，找到自己喜欢的感觉后点“确定”。

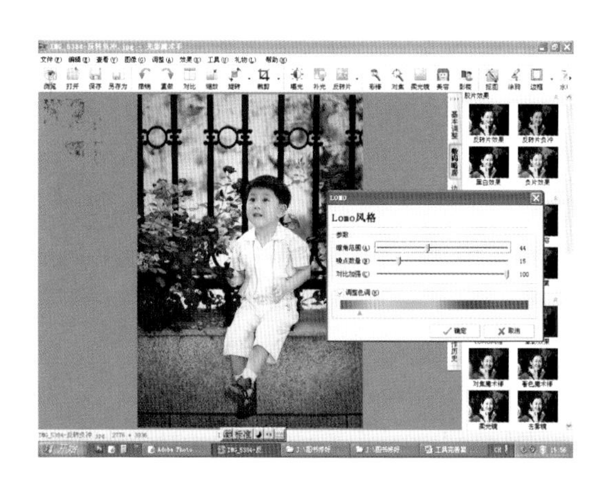

这个功能为喜爱独特效果的朋友提供了极大的便利，轻点鼠标即可变换不同的风格效果，并有滑块可做微调，你也试试吧。

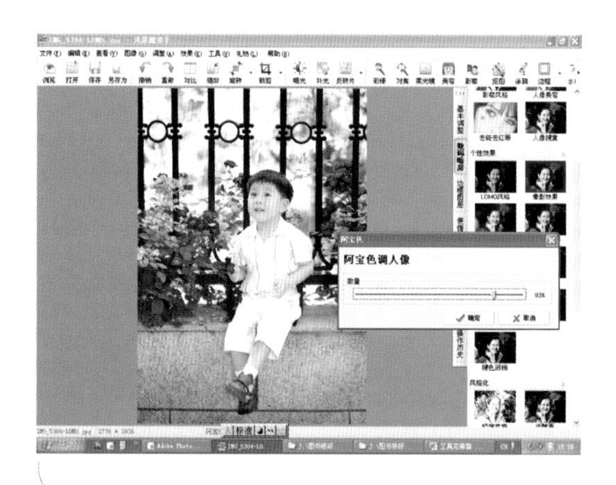

“阿宝色调”

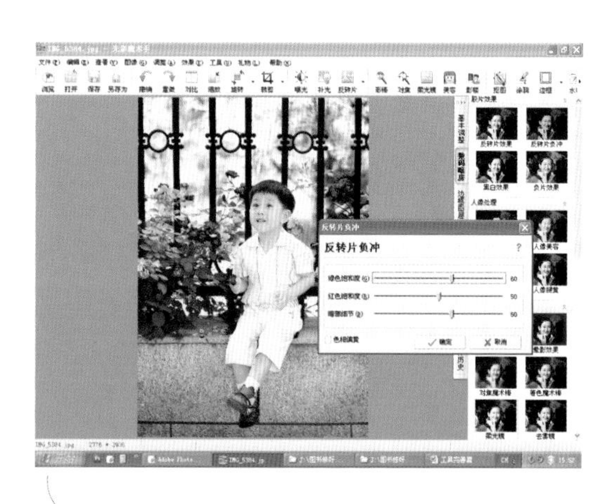

“反转片负冲”

你更喜欢哪一张呢？

添加可爱的边框

边框可以起到美化照片的作用，特别是孩子的照片，添加了可爱的边框后更是趣味盎然哦！

调整前

调整后

在“光影”里打开需要添加边框的图片，点击工具栏里“边框”旁的▼，打开各种边框查看效果。比如打开“花样边框”，选择这款绿色花边的边框。

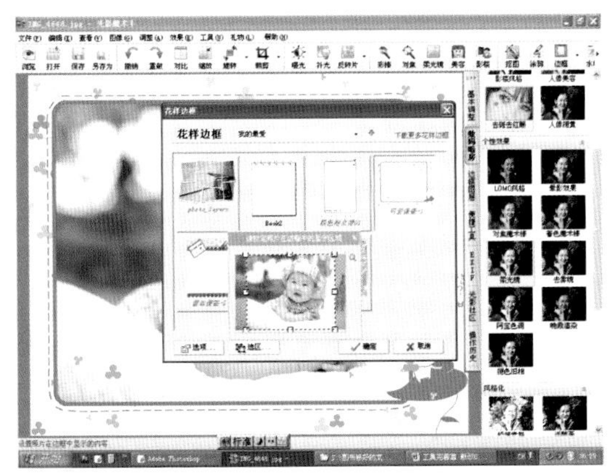

然后点击窗口下方的“选区”，在弹出的“请指定照片在边框中的显示区域”小窗口用鼠标改变构图。调整好后点“确定”，一张漂亮的花边装饰的照片就做好了，然后保存或另存图片即可。

我们还可以把几张同一场景的照片做成一张可爱的多图图片。

打开一张照片后，点击边框中的“多图边框”，弹出窗口中有“可通过右按钮加入更多照片”的提示，点击“+”按钮，添加想要的照片。通过“←”或“→”图标交换照片的位置，最后选择喜爱的边框，点击“确定”，一幅漂亮的设计版照片就完成了。

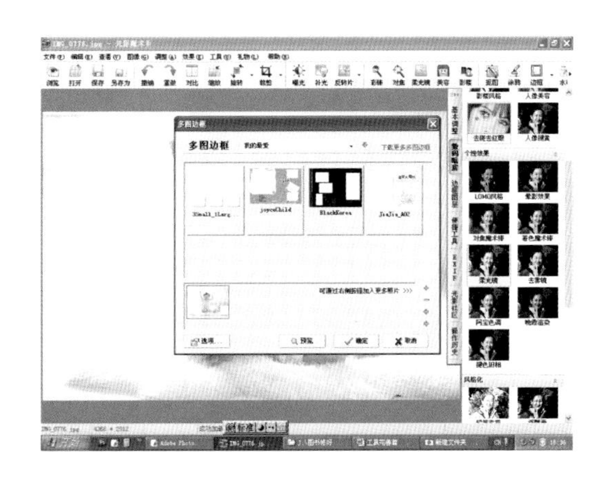

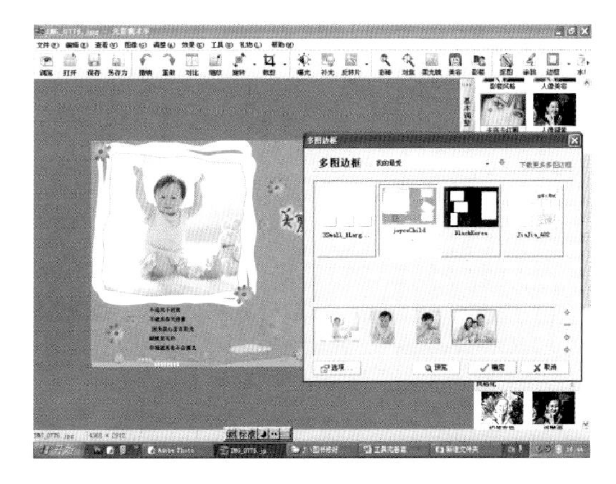

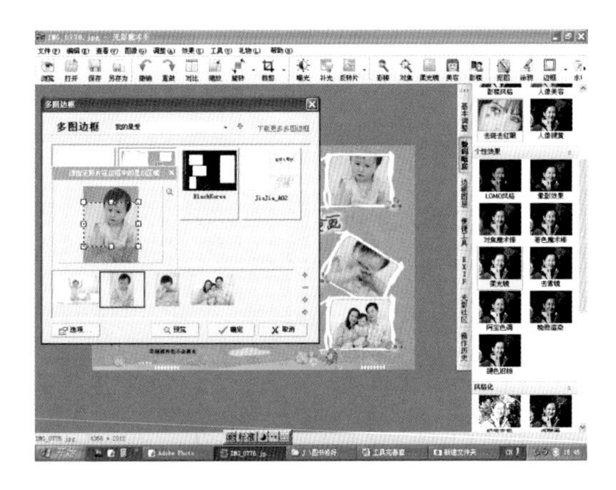

“光影”里还有很多好玩的功能，你只要用心去尝试，就一定能做出喜爱的照片效果。

镜头背后的故事

出镜人物：安娜

我与唐人相识，是因为《母子健康》杂志约请我的大女儿Olivia做封面模特，是唐人推荐并亲自拍摄的。Olivia成为了"封面明星"，我真高兴女儿的聪颖美丽被很多人了解并喜爱。

有了这次接触，我就邀请了唐人为女儿拍摄周岁专辑。女儿那一幅幅精美的照片让我感动不已，我深深感觉到在女儿成长的过程中，最珍贵的东西就是给她留下美妙的成长影像！

在Olivia一岁半时唐人为我们拍摄了金秋的外景专辑。绚烂的秋色让我们陶醉，在这个收获的季节，我的身体里又埋下了一颗小小的种子——我又怀孕了。我和先生都非常地喜爱孩子，家里充盈着宝贝们的欢声笑语是我们最理想的生活。

在我怀孕7个月时，接到了唐人的电话问候。经过几次的合作我们已经成为朋友，她细腻纯美的拍摄风格，以及亲切、直爽的性格打动了我。唐人督促我拍摄孕期的照片，而我觉得身体变形了，不美了……因此很犹豫。

准备拍孕照了，我还在为自己穿什么衣服而拿不定主意时，唐人看了我的两个大衣柜中几百件礼服和休闲装，果断地选择了一黑一白两套简单的服装。她让我试试看，说这样的着装能最好地展现我孕期的身材，同时又能拍出我最喜欢的简约风格。照片拍出来后，我非常惊讶：在我天天生活的家中，竟能拍出这样经典、深沉而耐人寻味的影像？！现在回想，我在怀大女儿的时候没有拍孕照，而怀小儿子的这次差点错过，真得感谢唐人把我一生美丽年华中最独特的形象留住了，让我每每翻看这些照片时，心中充满了幸福。

在我的小儿子William出生后，我的生活更加忙碌了。随着儿子一天天长大，我更加急切地想给宝贝留下精彩的照片了。摄影真是一件有意义的事情，它不同于摄像，这种静态的影像更能震撼心灵，让人久久回味。

转眼间William11个月大了，我又接到唐人的邀请，请William也拍摄杂志的封面。我真的很开心，因为女儿和儿子在婴儿阶段就留下了最美妙的记忆。感谢这些珍贵的影像，感谢唐人。

现在，只要有闲暇时间，我就会为孩子们拍拍照，我可是很努力哟！

出镜人物：虹亭

我在孕期订阅了一本育儿杂志，被其中唐人老师拍摄的很多唯美的孕照深深吸引了。这些照片不同于我见到过的一些很暴露很夸张的孕期写真，它们自然而清新，让我觉得孕期很美好，很期待能成为照片中那个幸福的女主角。因此，我在怀孕后不久就预约了唐老师的拍摄档期，为自己留下难忘的孕期影像。

与唐老师交流后，我选择了怀孕8个月时拍摄。这时肚肚已经很大了，“孕”味十足。为了让我和老公轻松地进入拍摄状态，唐老师和我们亲切地聊天，整个拍摄过程很愉快。看到照片后我真的非常喜欢，这就是我想要的风格！现在我的儿子已经出生了，是个健康壮实的小家伙，我急切地要向唐老师学习给宝贝拍摄的方法，要给儿子留下精彩的照片。

出镜人物：晓晓妈妈

初识唐人，源于《母子健康》杂志。拿到每期杂志的时候，我总在疑问宝宝这样可爱温馨的模样是怎么捕捉到的？总在想能拍出如此动人照片的人一定也有很美丽细腻的心灵吧！那时候我对摄影技巧一无所知，所以总是站在感性的角度来看照片。于是从那时起我记住了一个名字：唐人。

记得当时我家宝宝刚刚拍完百天照，拿到照片我很不满意，这不是我想要的宝宝百天照！于是我的心里有个小小愿望：要是能找到唐人老师给我家晓晓拍照片该是多么美好的事啊！我觉得很多时候我是如此幸运的一个人，一次偶然的上网让我看到了瞳颜摄影的博客，通过博客我找到了唐人老师——我相信这就是缘分。

其实第一次给晓晓拍摄的时候我心里很紧张，当时晓晓半岁，我生怕孩子状态不好，会影响拍摄；同时我也知道自己对这次拍摄期望特别高，谁都知道有时候期望越大失望就越大。在拍摄前和唐老师的沟通让我觉得自己的担心是多余的，在她眼里仿佛孩子什么状态都是正常的，给孩子拍摄是一件自然愉快的事情， 受她的感染，我也轻松了许多。

照片拍出来后我们一家特别喜欢、特别高兴。我先生其实是一个非常挑剔的人，看到宝宝被拍摄得这么漂亮这么可爱，也是赞不绝口。感谢老天的眷顾，让我拥有这么美丽的精灵，更让我有幸遇到了唐人老师。是她用镜头捕捉到了我家宝宝精彩的瞬间，把晓晓的美丽定格在一张张照片中。

唐人老师于我而言，亦师亦友。为了给孩子留下更多童年的记忆，我们家也添置了单反相机。对我这种摄影盲来说，开始并不容易，也经常会灰心，好在有唐老师的耐心指导，让我“小有成绩”。现在我的博客就晒了不少自己拍的晓晓的靓照，上面还有唐老师鼓励的留言呢！

编后记

差距的苦恼

编辑这样一本儿童摄影书，我是豪情万丈自信满满，不仅因为"80后"的新晋父母至少人手一台照相机，更因为我对他们给宝贝拍照的热情感同身受——我就是一个热衷给孩子拍照留念的好妈妈哦，光盘就刻了十几张，照片配文字的连环画也做了好几本了，还热情不减、乐此不疲，O(∩_∩)O~！何况还找到了国内顶级育儿杂志的签约摄影师唐人来亲自操刀，一想到自己就要名师出高徒，也能给儿子拍出帅得一塌糊涂的照片了，心里那个美哟……可谁会想到都"私事公办"了还会有苦恼呢？！

话说这苦恼都是差距带来的："好漂亮的照片！怎么拍出来的？"我问。"很简单啊，你有什么问题？"唐人也问。天哪！她不知道我、确切地说不知道非摄影专业读者在拍摄时通常会遇到什么难以解决或需要注意的问题，这就是做好这本书的最大问题啊！看着唐人电脑里各个年龄段的宝贝们精美绝伦的照片，其实我早该想到，十几年的摄影生涯，所谓的摄影技巧对唐人来说，已如呼吸般自然。于是，我拿着挑选出来的一张张照片，"强迫"唐人对"呼吸"进行动作分解：这张照片是几点拍的，当时光照条件如何？你站在什么地方拍的，什么角度？你选了什么拍摄模式，相机怎样设定？你把反光板放在哪里？你怎么让宝贝做出这么可爱的动作表情？……真是秀才遇见了兵，晕！为了拉近我们之间的差距，唐人在背起相机去为本书拍照时，认真地记录了她"呼吸"的每一个细节，于是有了拍摄过程图，有了实战现场的还原，有了她创作中的所思所想。噢耶！第一个苦恼解决了。

而第二个差距，唐人再不肯来迁就我，坚持着把我拔到了她的高度。我原以为，出版一本"让父母在家拍出媲美影楼照片"的图书一定会受到对影楼高收费不满的家长们的热烈欢迎，为此还以影楼效果为目的开列出一些问题让唐人给出答案，而唐人的耐心劝说终于让我心悦诚服地放弃了这种功利的想法。是的，很多的儿童影楼主要是通过服装、道具和背景来营造画面的，但摄影的本真是记录生活，而不是把宝贝打扮成小蜜蜂或小王子等形象摆在一个花哨的背景前面一拍了事。尽管有最专业的设备和技巧，影楼（当然不是指全部）程式化的造型和过程，使置身其中的宝贝更像是道具而非生命，这绝非家长所愿，更不能作为这本书的主旨。感谢唐人的坚持，她让我、也让读者得以认识真正意义上的儿童摄影——给孩子记录成长时光的点滴、给自己留下弥足珍贵的回忆，每个孩子都是上天赐予父母的天使，我们需要做的，就是留下孩子最纯美的样子！

好不容易，唐人连拉带拽地把我这个第一读者兼学生教了一遍，这本书就要付印了，我也终于有空和朋友们去了趟郊游。蓝天白云、青山绿水、如花笑靥、惬意心情，我给朋友们拍出的照片得到了交口称赞，看这用光、看这构图，啧啧！而他们拍到的我……差距啊！我的这个苦恼只有等本书面市后才能解决了。

（京）新登字083号

图书在版编目（CIP）数据

爱孩子·爱摄影：唐人教你做宝贝的贴身摄影师/唐人著.
—北京：中国青年出版社，2009.12

ISBN 978-7-5006-9038-2

Ⅰ.①爱… Ⅱ.①唐… Ⅲ.①儿童-人像摄影-摄影艺术
Ⅳ.①J413

中国版本图书馆CIP数据核字（2009）第202255号

责任编辑：李文华

内文设计：徐立平

中国青年出版社 出版 发行

社址：北京东四12条21号

邮政编码：100708

网址：www. cyp. com. cn

编辑部电话（010）84014085

门市部电话（010）84039659

北京爱丽精特彩印有限公司印刷

新华书店经销

889x1194 1/20 9印张

2010年1月北京第1版

2010年1月北京第1次印刷

印数：1-5000册

定价：45.00 元